ENJOY SCHATZ

Dies ist das Buch

ENJOY SCHATZ

von
Jovana Reisinger

**be useless,
so nobody
can use you**

@xavierofficials

FRÜHLING 2021

Es ist heiß. Zu früh im Jahr, aber schön. Die Luft ist schwülstigsüß, ordentlich bereichert durch die Düfte der Frühblüher, die Tiere draußen sind hektisch. Ich bin irgendwie gierig. Total verkitscht. Für manche zu romantisch, zu verschossen. Will irgendwas, wofür ich keine Worte habe. Brauche irgendwas, wofür mir die Sprache fehlt.
Die hat doch schon alles. Was fehlt denn der? Es ballert. Die Hormone. Die Frühlingsgefühle. Jedes Jahr das Gleiche. So banal. So geil.

Sex.

Aber wie?
Als lesende, als schreibende, als liebende und körperliche Person frage ich mich: Wie wird über Sex geschrieben? Wie bekomme ich Sex zu lesen? Wie wird mir Sex gezeigt? Ganz allgemein fährt mir eine gewisse Aufregung durch den Körper. Vielleicht kollektiv, gesamtgesellschaftlich. Spürst du es auch?
Wär doch hot. Wir, jetzt, zusammen.
Wer leidet auch unter dieser diffusen Lust? Flirten, sich kennenlernen, annähern, schwärmen, sich berühren, sich hingeben, sich fallen, sich wieder los- und sich wieder verlassen. Der Rausch. Ich will den jetzt. Take me, I'm all yours.

Sex in Literatur, Sex im Film ist so oft so unbefriedigend. Unter der Decke. Unterwäsche an. Nichts zu sehen. So viele Blowjobs auf Buchseiten gedruckt. In meinem Kopf ein Katalog an literarischen und filmisch inszenierten Penissen, die gnadenlos in die nassen Münder reinspritzen dürfen oder übers Gesicht. Aber bitte nicht in meins.
Wobei ich erst neulich gelesen habe, dass Sperma zahnaufhellend wirkt. Wenn ein Mann meinen Kopf drängend

und ungeduldig in Richtung seines Schwanzes zieht, drückt, manövriert, lache ich ihn gerne aus. Nur kurz. Kleine Pause. Nicht bevor du nicht meine Blume ausgiebig geküsst hast, meinen Rosengarten, meinen Früchteeisbecher, die Schleckmuschel, meine Vulva, sag ich dann. Gerne würde ich ihre verwirrten Gesichter in meinen Ursprung der Welt, der Ekstase, der Lust schieben und lässig sagen: Enjoy, Schatz. Mach ich aber nicht. Ich warte dann erst mal ab.
Auf das, was dann gesagt, getan wird. Manche überraschen einen direkt. Das ist dann ein schöner Moment. Die dürfen weitermachen.

Der blaue Rabbit-Vibrator mit Klitoris-Saugfunktion liegt in der rechten Schublade meiner Kommode, die praktischerweise neben dem Bett platziert ist. Ist Teil meines täglichen Aufwachrituals. Außer ein anderer Körper liegt neben mir. Aber meistens bin ich allein. Ich mag das. Sanfte Lust am Morgen. Vielleicht aus purer Gewohnheit. Oder luxuriösem Hedonismus. Der Gewissheit, entspannter in den Tag zu gleiten. Mehr Zeit im Bett verbringen zu dürfen. Danach fühlt es sich an, als wäre ich mit etwas davongekommen. Masturbation als Stresskiller. Und Stress gilt immerhin als herzinfarktrisikosteigernde Hautalterungsursache Nummer eins! Neben Sonne. Neben Alkohol. Neben Drogen, Rauchen, Fleisch, Kummer, Krankheit, Armut, Stadtluft, Klimawandel, usw. Die Haut, vor allem im Gesicht, als wichtige zu pflegende Errungenschaft. Für die jugendliche Haut gelobt zu werden, scheint wie eine Auszeichnung. Schon über dreißig – aber Haut wie eine unter Zwanzigjährige. Beautygoals. Kosmetikindustrie und gute Gene sei Dank. Mitte fünfzigjährige Männer, die mir ungeniert erzählen, mein jugendlicher Glow sei ganz und gar verführerisch – und glauben, das wirkt.
Jawoll, auch dafür masturbiere ich jeden Morgen. Für diese Art zu strahlen. Für den Rest kaufe ich Seren, Tinkturen und Öle. Weil ich mich nicht freimachen kann von dem Gefühl,

dass es noch besser geht, noch schöner, noch frischer, noch ebenmäßiger, noch perfekter. Nie zufrieden sein, nie satt sein. Süchtig nach Lob, nach Komplimenten von Frauen in meinem Alter, älteren, jüngeren Frauen. Männer sind in Schönheitsfragen keine Referenz. Außer sie arbeiten in diesem Bereich.
Das Geld. Die Anstrengung. Die Freude darüber. Es ist zu einfach zu sagen: Ja, dann mach halt nicht mit. Spar dir die Mühen und die Kosten. Genieß dein Leben fern der Schönheitszwänge. Auch das kommt zwanghaft daher: der Genuss des Genießens. Der patriarchale Blick auf meinen Körper. Unterwerfe oder ermächtige ich mich? Wenn mir Menschen vor, während oder nach dem Sex sagen, meine Haut sei so weich. Wenn sie nicht genug davon kriegen können, mich anzufassen und ich süchtig nach ihren Berührungen werde, nach ihrer weichen Haut. Wenn ich ihnen nicht erzähle, dass ich extra vorher gebadet, mich geschrubbt, gepeelt und eingecremt habe. Zur Vorbereitung, für die besonderen Dates. Die Hingabe. Die Aufregung. Die Überlegungen. Das will ich sehen. Die Auswahl der Unterwäsche. Wer hat überhaupt gute und schlechte Unterhosen, seit wann habe ich diese Auswahl? Abgeschaute, einstudierte, ins Bewusstsein übergegangene Riten? Dazwischen die spontane Lust, Verführung, ohne Vorbereitung, die auch gut sein kann, selbst in der miesesten der schlechten Unterhosen. Ein Beweis für die Sinnlosigkeit der Dienste vielleicht. Oder die Markierung ihrer Besonderheit.

All das ist weg beim Sex.
Meine Haut ist mir egal beim Sex. Mein Körper. Mein Kontostand. Meine Work-Life-Balance. Meine Leistung, meine Aufträge, meine Misserfolge, meine Cellulite, meine hängenden Brüste, meine Hornhaut. Meine Features. Meine Defizite. Mein Status. Mein Bildungsstand. Manchmal sogar meine Klassenherkunft. Sex ist seit Jahren – der Hälfte meines Lebens – eine konstante, signifikante Ablenkungsstrategie.

Als Teenager hatte ich Sex aus Langeweile. Sex war die ideale Beschäftigung. Beinah gratis, schaltete das Hirn aus. Ständig. Mit allen möglichen Menschen. Aus Mangel an Alternativen. Ödniswelt Provinz. Ödniszustand Armut.
Die Lust kam erst viel später.

Jetzt: andauernd die Lust. Die Lust am Begehren und Begehrtwerden, am Rumkriegen, am Rumgekriegtwerden, am Ausprobieren. Wie passen unsere Körper zusammen? Die Neugierde. Sex aus Spaß. Sex gegen Schmerzen. Praktisch bei Menstruation. Mittelmäßig hilfreich bei Liebeskummer. Richtig unbrauchbare Methode bei schlimmem Liebeskummer. Sex ohne Gefühl ist besser als Sex und dabei jemanden, mit dem man gerade keinen Sex hat, schmerzhaft zu vermissen. Vielleicht dabei (heimlich) zu weinen, untröstlich zu sein, damit die Person neben und in einem irritieren, das Gefühl des Verlusts, während man etwas tut, was einem sonst so viel gibt. Oder zumindest etwas gibt.

Zurück zum Soloakt. Die Enttäuschung, wenn der Akku ausgeht. Es wird vorher angekündigt, der Vibrator wird kurz schwächer. Im Anschluss kann er nochmal hochgefahren werden. Bitte noch schnell kommen. Manchmal klappt's nicht. Aufgeben, seufzen. Die Suche nach dem Ladekabel. Das Gefühl aufgestauter Orgasmen. Gibt es das?
Die Lust verschleppen, mitnehmen, an die Person denken, mit der ich gerade schlafen will. Schwülstige Nachrichten senden. Es stattdessen mit der eigenen Hand versuchen. Vibratorenverwöhnt abbrechen. Die langen künstlichen Fingernägel helfen auch nicht in dieser Situation. Ein anderes Spielzeug aus der Schublade holen. Nichts geht über diesen einen Lieblingsvibrator. Hilft alles nichts. Aufstehen, warten, später ein neuer Versuch. Später wird's dafür richtig heiß, wenn der wieder volle Power hat. Dann die eine Stellung nehmen, die, bei der es so unendlich lange dauert zu kommen, der Orgasmus aber unfassbar ist. Schön. Ich ver-

misse die Hände in diesem Moment. Das Küssen, den Atem, die andere Haut. Aber, hey, besser als nichts.

Die Frage:
Warum also nicht nur sexuell aktiv sein, sondern es auch noch mitteilen, es aufschreiben, es zugänglich machen?

Die Anforderung:
Es soll ein erotischer, schöner und kluger Text werden, der eine*n durch die Gedanken führt, gespickt mit schlauen Aspekten. Witzig, nicht angestrengt oder aufklärerisch didaktisch. Alles ganz locker, irgendwie easy, juicy, cute (– so wie ich).

Die Annahme:
Ich habe Lust auf die Selbstoffenbarung. Will mich angreifbar und verletzlich machen, über die eigenen Schamgrenzen hinwegschreiben. Will mich der Lust ausliefern und ihrer sinnlichen Beschreibung. Grenzen verschwimmen lassen. Ähnlichkeiten zwischen dem Beschreiben und dem Ausleben der Fantasien aufzeigen. Ähnliche Praktiken und Taktiken. Ähnliche Bewertungskategorien. Ähnliche Gefahren. Ähnliche Reize.

Ich will demonstrieren, dass ich eine sexuell aktive Frau bin. Sowohl textlich als auch körperlich – denn würde mir so ein Text nicht automatisch diese Aura verleihen? Wirke ich nicht total souverän, offen und hemmungslos?

Ich will mich zeigen als eine von denen, die weiß, was sie will und Worte dafür findet.
Eine, die keine tradierten Restriktionen kennt und Abenteuer erfährt, als gäbe es kein Limit.
So stelle ich mir das vor. So will ich gleichzeitig auch mich selbst sehen, gedanklich schon mit der Rezeption beschäftigt, die so ein Text wahrscheinlich erfahren wird. Authentizität

nicht als Stilmittel, als Lüge, Unzuverlässigkeit oder vergnügliches, aber gemeines Spiel, sondern als Bedingung für diesen Text. Für all meine Texte. Schließlich bin ich Schriftstellerin und die schreiben in erster Linie ja über sich selbst.

Die Vermutung:
Vielleicht will ich es aus der Sorge heraus, jemand anderes könnte es tun. Jede sexy Interaktion, sei es über Chat, Telefonat oder durch ein anderes Medium/Programm/Tool, das Beweise schafft, muss wohlüberlegt sein. Werden Fotos von (Ex)Liebhaber*innen öffentlich gemacht, leidet unter den Beschämungen meistens die nackte, die kaum bekleidete, die »sich hergebende« Frau. Nicht der*die völlig übergriffige (Ex)Partner*in. Habe ich dir nicht vorgestern noch das Bild meiner Brüste geschickt, als ich mich so phänomenal sexy fand? Und hast du nicht gestern in einem Anflug von Panik mit mir Schluss gemacht, um dich vor der anbahnenden Intimität eines gemeinsamen ersten Urlaubs zu retten? Da haben wir den Salat.
Ein jeder solcher Austausch birgt eine Gefahr, der ich mir bewusst sein muss. Und trotzdem teile ich. Würde es mir jedoch gelingen, diese Gefahr zu schmälern, wenn ich mich selbst als erotisch, als eine »sich hergebende« und vor allem als eine »sich nehmende« Frau darstelle? Proaktive und provokative Flucht nach vorn anstatt der Sorge, ein verärgerter Fuckboy oder eine enttäuschte Liebhaberin könnte die Fotos meiner Titten, meines Hinterns, meiner Vulva, meiner Gier teilen? Würde dann eine etwaige Veröffentlichung meiner privat fotografierten, niedergeschriebenen Lust weniger schwer ins Gewicht fallen – wenn ich mich vorher bereits selbst als eine solche stilisierte?
Auf meinen Lieblingsshirts mit dreizehn, vierzehn, fünfzehn standen »Slut«, »Tussi«, »Queen« und »Blonde«. Zwei dieser Schriftzüge waren verziert mit glitzernden Strasssteinchen, die anderen waren einfach nur schwungvoll. Alle T-Shirts tendenziell ein bisschen zu eng, darunter stets ein

Push-up-BH. Zu der Zeit ließ ich mir das erste Mal ein Bauchnabelpiercing stechen, die Haare wie Christina Aguilera in *Dirrty* färben (obenrum blond lassen, Unterhaare schwarz) und sehnte meine Entjungferung herbei. Denn darum ging's: endlich einen Penis in dir drin zu haben und bis dahin wenigstens eine gewisse Verfügbarkeit, Geilheit und Erfahrung zu suggerieren. Ich labelte mich als Schlampe, drei Jahre bevor ich auch nur das erste Mal Geschlechtsverkehr hatte. Mein T-Shirt signalisierte schon vier Jahre vor meiner ersten Vergewaltigung eine frivole Lockerheit, die mir später als Begründung für übergriffiges Verhalten genannt wurde. Eine Vergewaltigung, die ich erst mehr als zehn Jahre später als solche dechiffrieren konnte. Eine Vergewaltigung, die, wie ich dachte, einfach dazugehört zu so einer Beziehung. Nicht der Rede wert. Ich war lässig, ich war cool. Ich war eine blonde Schlampen-Königinnen-Tussi (– so wie jetzt), die die anderen Barbies mobbte, weil es nur eine von uns in der (Jungs-)Clique geben konnte. Dann legte ich meine glitzernden Shirts in den Schrank und wurde ein Tomboy-Mädchen. Denn die wurden noch geiler begehrt. Die waren eben nicht wie die anderen Mädchen. Die waren besser. Die waren beinah Jungs. Ich ließ meine Haare kurz schneiden, trug oversized und hörte Musik, die mir nichts gab und trank hemmungslos viel Bier und Schnaps. Auf meinen T-Shirts aus dieser Zeit standen Bandnamen, aggressive Sprüche und prangten Logos von irgendwelchen Marken, die mich nicht interessierten. Ich fühlte mich überlegen und um das zu unterstreichen, las ich Bücher von Männern, deren Betrachtungen der Welt mir heute denkbar unangenehm erscheinen. Die anderen Girls hatten es eben nicht begriffen. Internalisierte Misogynie. Dringend gebrauchte Einheit des Patriarchats. Im Schutz der Jungs konnte mir nichts geschehen. Die Abhängigkeit. Immer wieder diese elendige Abhängigkeit vom Wohlwollen der Männer. Schwesternschaft gab es für mich nicht. Was ich begehrte, war Sicherheit und die wurde mir durch die Bestätigung dieser Gruppe zuteil, in der ich die einzige war. Anders als die anderen. Sicherheit auf Zeit. Männer können das in diesem System. Sie können dich auserwählen und dich beschützen. Dir diesen besonderen Stellenwert zukommen lassen. Immer im Wissen, dass du dafür auch Leistung erbringen musst. Nichts ist gratis in diesem System. In diesen Momenten, in denen ich in Sicherheit war, waren andere schutzlos. Oftmals kosteten die Momente, in denen ich mich in eine solche Abhängigkeit begab, nicht zuletzt meinen Körper. Die Selbstbestimmtheit. Man gibt, was man hat. Ich hatte nichts. Keine Mittel, kein Geld, keine Kontakte, keine geilen Dinge. Aber einen begehrenswerten Body und eine bestimmte Art von credibility. Ich war lässig. Ich war cool.

Neulich fragte mich jemand nach meinem Lebensmotto. Aus mir schoss: pro hoe lifestyle! Ohne zu wissen, welche Parameter dieser Lifestyle umfassen soll, klang er sofort aufregend glamourös, nach engen, rosa Kleidchen, Strassketten, hohen Schuhen und schimmerndem Lipgloss. Slutshaming soll offensichtlich kein Teil davon sein. Meine Therapeutin fragte mich vor Kurzem, was das überhaupt sein soll, diese Form der Beschämung. Nach meiner Erklärung schloss sie: Meine vielen wechselnden Sexualpartner*innen könnten auch eine Form der Bestätigung sein. Bestätigung von was? Meiner Flexibilität? Meiner Geilheit? Meiner Attraktivität? Das ist doch nicht etwa Ausgleich für ein mangelndes Selbstwertgefühl? Ich fragte mich direkt, ob sie der männlichen Variante von mir die gleiche Frage gestellt hätte. Ob die Idee, dass Frauen so viel Sex nur dann haben, wenn ihnen etwas anderes ordentlich fehlt, sich immer noch hält? Leider habe ich sie nicht gefragt.

Die andere Überlegung:
Vielleicht will ich es doch aus Lust tun.
Der Versuch, das eigene Begehren zu verschriftlichen und es dadurch nicht nur selbst zu verstehen, sondern auch für an-

dere begreifbar zu machen, hat etwas Reizvolles. Wie eine Gebrauchsanleitung. Zukünftige*r Liebhaber*in bitte diesen Text aufmerksam lesen! Das ist die Anleitung zum Glück mit der Schriftstellerin. Denn alles, was hier steht, ist autobiografisch. Ist wahr, ist echt, ist real. Oder?

Oooops. Jetzt wird's geil:
Doppelter Boden. Changieren zwischen einer fiktiven Person (Cis-Frau, Autorin, Anfang dreißig, weiß, bisexuell, verheiratet, auf der Suche nach einem Liebhaber, einer Liebhaberin) und mir. Eine Verschmelzung, eine Auflösung, ein Spiel. Denn werden weibliche Schreibende nicht sowieso mit ihren Figuren verwechselt? Warum sich also die Mühe machen und eine Protagonistin erschaffen, die möglichst weit weg von der Verfasserin ist? Eben. Pure Zeit- und Energieverschwendung. Dabei sind Zeit und Energie neben Geld wichtige Einheiten in so einem Leben. Im Kapitalismus. Im Patriarchat.

Authentizität nicht als Stilmittel, sondern biologisches (im binären Geschlechtersystem wohlgemerkt) Kernelement des weiblichen Schreibens. Schriftstellerinnen schreiben Frauenliteratur und dabei nur über sich selbst – das bedeutet auch über Frauenthemen wie Menstruation, Schönheit, Körper, Liebe und Qual und Mutterschaft. Für ihre Leserinnenschaft, andere Frauen, die sich mit solchen unliterarischen Themen auseinandersetzen wollen. Super, hier kommen wir endlich zusammen. Die Protagonistin und ich, meine ich.
Die Schriftstellerin, um die es fortan gehen wird, lebt ein schönes Leben. Die sitzt oft stundenlang an ihrem Schreibtisch und fabuliert so vor sich hin. Manchmal wird sie wohin eingeladen. Das macht ihr Spaß. Sie liest und isst gern, sie zieht sich gerne an und mag es mitunter, als Barbie kategorisiert und unterschätzt zu werden. Sie ist oftmals wütend und versteht meistens nicht, was Männer zu ihr sagen. Sie

hat keine Kinder, will auch keine und ist darüber sehr erleichtert. Puh, sagt sie dann, zum Glück ist dieses Leben mein Leben und kein anderes. Manchmal passiert etwas, worüber sie sich freut, dann behält sie es entweder für sich oder erzählt es allen, aber meistens vergisst sie es danach gleich wieder. Im Leben dieser Frau gibt es immer was zu tun, zu regeln, zu organisieren, zu arbeiten, zu genießen, zu feiern, zu versäumen, zu lieben, zu verabscheuen. Diese Frau, so wie sie gerade vor ihrem Computer sitzt, schaut auf ihr Leben mit einer aufregenden Art der Entrückung. Es bahnt sich etwas an. Sie weiß nur noch nicht, ob sie wirklich mitmachen will. Sie weiß aber auch, dass sich ihr diese Frage gar nicht stellt.

Das Thema der Schriftstellerin?
Explodierende Libido. Sie muss dringend etwas schreiben, über all die Sehnsüchte der letzten Wochen, mittlerweile Monate. Frühling 2021. Wer hat es sonst noch gespürt? Sie war on fire. Sie ist on fire.
Dann kam die erlösende Mail eines Literaturmagazins. Synchronizität. Super!
Also sagte sie Ja zur Essay-Anfrage – und wie so oft in ihrem Leben dachte sie erst danach darüber nach, ob sie das wirklich will und/oder was es für sie bedeuten würde.

Als mir das erste Mal bewusst wurde, wie oft ich schon sexuelle Situationen einging, die mir eigentlich unangenehm waren und in denen ich keinen Raum fand, dies zu artikulieren und im Anschluss nicht nur mich selbst vom Gegenteil, sondern auch andere davon zu überzeugen versuchte, schämte ich mich, respektive, ich erschrak. Vom Donner gerührt war ich, sozusagen. Ohne spürbares Gewitter. Bis zu diesem Moment glaubte ich, ich müsse da einfach durch. Nein, das ist nicht präzise genug. Ich war mir sicher, so unfassbar sicher, dass es so zu sein hatte, Begleiterscheinung, Konsequenz. Dass diese, wie ich sie gerade verharmlosend als unangenehme Situationen bezeichnete, Teil nicht nur eines aktiven, sondern auch eines erfüllten Sexlebens waren. Eine gewisse Form von Risiko. *No risk, no fun.* Und das wollte ich doch. *All girls just wanna have fun.* Im Glückskeks vom Mittagessen steht: *Du bist cool.*

Die Abläufe folgten einem Muster. Eine sexuelle Handlung startete, entglitt mir, entfernte sich von dem, was ich kannte, wollte, brauchte. Und parallel dazu entglitt auch ich der Situation. Ich war unfähig, meine Grenzen zu artikulieren und versuchte, mich stattdessen als besonders lustvoll zu geben. Schmerzen, abseits von denen, die mich wirklich erregen, nahm ich willenlos hin. Demütigungen, Beschimpfungen, Gewalt. Ja, klar. Einer nannte mich alle paar Sekunden eine kleine miese Hure, die dreckigste Hure von allen. Was für eine Phrase. Die ganze Beschreibung so hohl, weil sie so wahr und so bekannt ist. Diese Anekdote muss gar nicht mehr erzählt werden, so prominent ist sie. Der Typ und ich, beide ein Klischee. Sie aus Scham devot. Er, ja, warum eigentlich, so geil auf Dominanz. Als wäre ich kein Teil des Vorgangs, ließ ich es geschehen, stöhnte wie einstudiert und selbst meine trockene Vagina vermochte diesen Sexualpartner nicht zu irritieren. Dafür gab es Spucke (aber nicht auf die sexy Art, so wie neulich, als du dich auf deinen Knien sitzend über mich gebeugt und so zielsicher diesen großen Tropfen Spucke fallen gelassen hast, um im Anschluss deinen Penis an mir zu reiben, ehe du mit deiner rechten Hand die Vulva gespreizt und mich abgeleckt hast. Du bist so ein richtiger Enjoyer und ich trug exakt dieses Bild wochenlang mit mir herum). Ich beobachtete mich selbst bei meiner Performance. Ich machte das gut. Überzeugend. Und ich schlief immer wieder mit denen. Den Rammlern, den fiesen, gemeinen, aggressiven. Es gab mir weder pleasure noch fun. Hoffentlich sind nicht alle so drauf wie ich.
Jedes Mal, wenn ich im Anschluss meinen Freund*innen vorschwärmte, wie schön, wie geil, wie aufregend das Erlebte war, besiegelte ich das Gefühl des Selbstverrats.

Lieber lügen und eine schöne Geschichte erzählen, als zu berichten, verletzt worden zu sein. Ich schämte mich nicht nur dafür, dass mir diese Situationen passierten (und ich spreche hier von den Situationen, in denen ich bei vollem Bewusstsein war und die keine Straftaten darstellen), sondern auch, dass ich sie zuließ. Ich war mir sicher, dass ich die Kontrolle über meine sexuellen Handlungen und jene, die an mir durchgeführt wurden, hatte – ich sie schlichtweg an die andere Person übertrug. Einmal Erlaubnis erteilt, Pech gehabt. Ich wollte mir nicht eingestehen, dass ich mitunter Angst verspürte, Panik oder Schmerz. Ich wollte es erst recht niemand anderem mitteilen. Denn ich war so offen, so lässig, so progressiv. Ein Eingeständnis hätte katastrophale Folgen für mein Selbstbild bedeutet. Ooops. Da war sie, die Lüge: Ich war mir sicher, ich sei schuld, hatte nicht gut genug Nein gesagt. Ich war es doch, die ihre Grenzen nicht kannte, sie nicht verbalisieren konnte. Schließlich heißt Nein: Nein. Vielleicht verdient so eine blonde Tussi-Schlampe wie ich ja auch exakt solchen Sex? (vgl. »Dummheit schützt vor Strafe nicht.«)
Nein.

Als ich verstand, dass nur ein Ja Ja bedeutet, wandelte sich meine Lust. Ich brauchte lange, um in meinem Sexleben zu verstehen, was Einvernehmen bedeutet, und wie ich es kommunizieren kann. Dass kleine Unannehmlichkeiten nicht dazugehörten, nicht okay oder egal waren. Dass eine sexuelle Handlung jederzeit unterbrochen, beendet und aufgelöst werden kann. Warum hatte ich vorher nie darüber nachgedacht? Weil in diesem System alles nach der (Bedürfnis-) Befriedigung des weißen, cisgeschlechtlichen, heterosexuellen Mannes ausgelegt ist. Auch meine Sexualität. Meine Performance. Meine Lust. Meine Arbeitskraft, meine anerzogenen und erlernten Handlungen, die mich durch die Gesellschaft manövrieren sollen. Die Frage ist nun vielleicht nicht unbedingt, wie es dazu gekommen ist, sondern viel-

mehr, wie wir von nun an weitermachen. Die Gemeinheiten als Ausgangspunkt zu akzeptieren.
Die Befreiung, die Loslösung.

Wie schön wäre es also, jetzt genau so einen Text zu lesen? Was hätte so ein Text mit mir gemacht? Vielleicht wollte ich es auch deshalb aufschreiben. Weil ich diese Texte früher gebraucht hätte. Weil die Schriftstellerin exakt solche Texte gebraucht hätte. Weil die Schriftstellerin sich jetzt in dieser Sekunde fragt, was so ein Text mit ihr machen würde. Sie, die im Anschluss einer Publikation sowohl einer literarischen und einer allgemeinen Bewertung unterzogen werden würde. Weiblich gelesene Personen sind andauernd, ob schreibend oder nicht, einer Be- und oftmals Entwertung ausgesetzt. Unsicheres Terrain. Denken wir an das glitzernde T-Shirt, den Minirock, den Vorwurf: *She's asking for it.* Ist der Ruf erst ruiniert, lebt es sich ganz ungeniert, äh, ungeschützt.

Frauen, die über Sex schreiben und Frauen, die Sex haben (und es nicht geheim halten wollen und/oder es öffentlich machen), werden begutachtet. Es wird ein Thema. Nein, es wird zu einem Thema gemacht. Nein, okay, es kann zu einem Thema gemacht werden. Unklarer Verlauf. Willkür.

Also die Frage: Gibt es Ähnlichkeiten in der Beurteilung, der Bloßstellung?
Schreiben Schriftstellerinnen erotische Literatur, wird es dezidiert angekündigt und als Besonderheit hervorgehoben (Verschlagwortung: radikal, schonungslos, offen, ehrlich und frei). Es drängt sich nichts anderes als die Vermutung auf, dass dieser Umstand aufregend sei, außergewöhnlich, spektakulär.
Schließlich werden diese Texte explizit gebrandet, Erwartungen geschürt und die Sensationslust befeuert (geil!). Der Hunger muss jetzt aber auch gestillt werden. Nur teasen ist schließlich unfair, das wissen wir doch. Alle wollen kommen.

Stimmt natürlich nicht.
Nicht alle wollen es.

Dabei ist es weder eigenwillig, dass auch Schriftstellerinnen über Begehren und Sexualität schreiben, als wäre es banal und richtig und langweilig und gewöhnlich, noch, dass sich Frauen nicht über die Sexualität des Mannes definieren lassen und eine eigenständige Libido erleben. Trotzdem die Aufregung in Pressetexten, Ankündigungen und Rezensionen. In Interviews, Artikeln und Kommentarspalten.

Wie auffällig, so scheint es mir, in wie vielen Texten eben kein Sex vorkommt. In Romanen, in denen ganze Leben erzählt werden oder zumindest Liebesbeziehungen. Ebenso in Serien, in Filmen, in Theaterstücken. Wie interessant, dass Sex oft nur dann ein Thema ist, wenn er erzwungen wurde, erpresst, benutzt als handlungstreibende Methode (rape & revenge). Wie interessant, dass Sex so oft kein Thema ist, wo ich doch ständig sexualisiert werde. Ich ständig Bücher von anderen Schriftstellerinnen lese, die ständig sexualisiert werden. Ich ständig Texte lese, die von Frauen handeln, die, wären sie reale Personen, ständig sexualisiert werden würden.

Einmal schrieb ich darüber, dass ich nach dem Masturbieren meine Finger abschlecke, also, dass meine Protagonistin das tut. Ich bekam eine Nachricht einer Frau, die sich über die Stelle gefreut hatte, denn sie mache das auch. Sie mag es gerne, wie sie schmeckt, schrieb sie. Ich übrigens auch. Jedoch hat die Stelle nichts mit mir zu tun. Dennoch fühlte ich mich bestätigt und entlarvt.
Durch Mainstream-Film und -Fernsehen wird vermittelt: In heterosexuellen Paarbeziehungen ist Sex willkommen. Penis in Vagina. Penetration. Befriedigung des männlich gelesenen Körpers. Cis-heteronormative Perspektive. Wir erinnern uns an die vielen selbstverständlichen Blowjobs. Ich konnte früher einen Schwanz befriedigen, als ich über-

haupt wusste, wie eine Klitoris aussieht. Ich sehe wesentlich häufiger Brüste und Busen in Filmen als nackte Penisse. Ich kenne wesentlich mehr Szenen, in denen (abschätzig) die Behaarung von Vulven verhandelt wird als das entsprechendes Äquivalent. In denen weiblich gelesene Körper bis ins kleinste Detail kommentiert und nur wenige männlich gelesene Körper so offen sexualisiert werden. Der Schwanz muss in die Muschel. Und die Venus muss die geilste, schönste und heißeste von allen sein.

Dieses Narrativ und die Konzentration auf das Glied übt natürlich auch Leistungsdruck auf den (Cis-)Mann aus. Dabei geht es dann nicht nur um körperliche Ausstattungsmerkmale (Länge, Dicke, Fleisch, Blut) und die Dauer seiner Performance, sondern vermittelt ganz grundsätzlich ein völlig eingeschränktes Bild. Denn Sex ist so viel mehr. Oralverkehr, aufeinander reiben (ob un- oder bekleidet), sich anfassen, sich ablecken, (heftig) knutschen, fummeln, usw. Sex ist eine einvernehmliche Handlung. Dabei von allen Beteiligten gewollt – das geht auch alleine – und wird aufgrund der (emotionalen, körperlichen) Erregung durchgeführt. Nicht alles führt zur Penetration. Auf die Penetration kann verzichtet werden. Stundenlanges edging und dann gleichzeitig völlig überwältigt kommen – klingt ideal. Erlebte ich bisher einmal. Sich gegenseitig im wahrsten Sinne des Wortes vernaschen, das klingt köstlich. Delikatesse. Praline. Deine Hand in mir, direkt danach in deinem Mund, zwischen unseren beiden Mündern, mein Geschmack überall. Vor einem Supermarkt. Nachts im Sommer. Bestes Dessert. Gerne wieder. Auch das ist mein Sex. Das ist Teil meiner love language. Der Mann, der in meinem Bett liegt und sich schämt, weil die Errektion nicht standhalten will. Der Mann, der im Anschluss daran Hals über Kopf meine Wohnung verlässt, um mir Tage später eine Nachricht zu schreiben, in der er mir sagt, meine Themen seien der Grund für die missratene Performance gewesen.

Dieser Mann, das ist nicht mein Sex.
Das war ein Malheur.
Der Sex, den ich begehre, ist erst möglich, wenn man(n) sich von den performativen Abläufen, den Beschränkungen (dadurch) befreien kann. Es gibt keinen Plan. Vorspiel ade! Alles ist der Akt. Nicht jedes Körperteil muss benutzt werden, nur weil es da ist. Der Orgasmus ist weder das Ziel, der Höhepunkt oder das Ende. Dein Sperma ist nicht meine Trophäe. Wann beginnt also Sex? Wo beginnt unser Sex?
Sex endet jedenfalls, wenn eine*r der Beteiligten keine Lust mehr verspürt. Oder die Begegnung, Situation, Erfahrung aus anderen Gründen beenden will.
Dazu muss sie*er nicht erst ein Nein als Wort formulieren.
Und, schon Lust bekommen? Gut.
Die Schriftstellerin sitzt auch schon ganz erregt da.

Eine Frau bewegt sich in der Öffentlichkeit. Sie ist auf der Straße, im Bus, in der Tram, in der S-Bahn, der U-Bahn, im Zug, in einem Auto, auf einem Rad, auf einem E-Roller, zu Fuß, in einem Club, einer Bar, im Kino, im Restaurant, im Park, im Büro, in einer Filiale, in einem Café, einer Firma, im Betrieb, im Unternehmen, am Fließband, in den Gängen, in den Fluren, in den Zimmern, auf dem Sofa, auf dem Boden, auf dem viel zu hohen Ross.

Wie wird ein weiblich gelesener Körper betrachtet, wenn er sich anmutig durch die Orte bewegt und wie, wenn er weniger trägt – weniger Stoff, weniger Klamotte, weniger Hemmung? Wenn dieser Körper deutlich mehr sichtbare Lust zur Schau stellt – ob durch Gesten, Outfit, Habitus oder Sprache?

Es gibt unterschiedliche Kategorien und Bewertungslogiken in der Betrachtung eines Frauenkörpers: likeability und fuckability sind zwei davon. Eine Frau wird gemocht, wenn sie höflich, zurückhaltend, harmlos ist. Nicht zu viel Raum einnehmend, von Natur aus nett und fürsorglich und auf der anderen ausgerichtet (erotisches Narrativ: den Mann befriedigen/altertümliche Erzählungen von Penisneid, fehlender Libido und allgemein herrschender Frigidität. Biologistisches Narrativ: heimelig, behütend, caring, weil Sammlerin). Eine Frau sollte ideal schön sein, ein Augenschmaus, eine Augenweide. Eine Frau darf auch sexy sein (vgl. »Sie braucht mit Reizen nicht zu geizen«) und fuckable, aber nicht (herum-)ficken (vgl. »Sei sittsam und bescheiden, dann kann dich jeder leiden«).

Aber Frauen, die *schonungslos* und *radikal* mit mehreren vögeln und drüber *offen* und *ehrlich* sprechen, werden (außerhalb der sexpositiven Bubble) entwertet. Sie verlieren gleich mehrere Statuspunkte. Abwertungsmechanismen greifen, weil es ein sexistisches System ist. (Reclaiming-Versuche der Wörter Schlampe, Bitch, Hure, Slut, Hoe usw. sind nur bedingt erfolgreich.) Was weniger wert ist, muss weniger geschützt werden. Das Patriarchat freut sich ganz besonders, wenn marginalisierte Gruppen sich gegenseitig den Schutz absprechen. Slutshaming entspricht so einer Logik. Als wäre die billige, die schlampige Frau weniger wert, wenn ihr was passiert. Als stünde ihr dann weniger Schutz zu. Weniger Fürsorge. Denn, so die perverse Annahme, sie habe ihr Unglück ja selbst herbeigeführt. Wie viele Frauen (und auch Männer) haben mir schon gesagt, ich müsse doch wissen, worauf ich mich einlasse, welche Situationen ich mit meinen Outfits provoziere. Gilt das auch für meine Kunst?

Neulich hielt mich ein Mann nachts auf dem Weg zur U-Bahn am Handgelenk fest. Sofort scannte ich meine Kleiderwahl. Mein Lieblingsminirock, mittelhohe Schuhe, ein zu großes Männerhemd, mit nur einem Knopf am Busen zugeknöpft, kleine Handtasche. Würde ich in diesen Schuhen rennen können? (Ja, aber nicht schnell.) Befindet sich etwas in meiner Handtasche, womit ich mich verteidigen, ihn in Schach halten kann? (Nein.)

Er: Wo geht's hin, schöne Frau?

Ich riss mich stumm los.

Prompt stellte sich ein zweiter Mann in meinen Weg.
Mann 2: Du bist ganz schön unhöflich. Der hat dich doch nur was gefragt.
Ignorieren. Versuchte, in einem gemäßigten Tempo zu gehen, um nicht zu panisch zu wirken.
Kein leichtes Opfer, schwer zu beeindrucken.

Das erinnert mich an eine Situation in einem Auto. Ich musste dringend nach Wien, nahm die Mitfahrgelegenheit um zweiundzwanzig Uhr und stellte irritiert fest, dass die anderen angekündigten Mitfahrer*innen nicht vor Ort waren. Hätten alle spontan abgesagt, so die Erzählung. Der Mann wollte, dass ich vorne einsteige (er sei schließlich nicht mein Chauffeur) und verhielt sich die erste Stunde unauffällig. Dann der erste Stop an einem spärlich beleuchteten Rastplatz. Dann fragte er mich, ob ich mich bei einer Vergewaltigung eigentlich würde wehren können. Dann die Frage, ob mir das schon mal geschehen sei. Dann seine Hand an seinem Penis. Sein Blick auf mir. Die andere Hand am Steuer. Seine Wut darüber, dass meine Freundinnen seine Nummer hatten und ihm eine Nachricht schickten. Sein Gebrüll, was die Scheißaktion denn bitte soll. Seine Hand heftiger an seinem Penis. Meine Panik über die abgeschlossene Autotür. Mein gelangweilter Blick aus dem Autofenster hinaus in die Nacht. Meine Angst, die völlig unsichtbar war. Meine Gewissheit, nie wieder mit einem fremdem Mann mitzufahren. (vgl. »Der Weg zur Hölle ist mit guten Vorsätzen gepflastert.«)

Das erinnert mich an eine Situation in der Straßenbahn. Als ein betrunkener Rassist sich mit allen anlegte und ich ihm scharf das Wort abschnitt. Als er mit mir an der Haltestelle ausstieg, es war vier Uhr dreizehn, ich weiß es noch ganz genau. Wie er mit mir nach Hause ging, mich beschimpfte, ich andere Personen auf der Straße ansprach, ihnen sagte, dass ich diesen Mann nicht kenne, sie die Polizei rufen müssen, wenn gleich etwas passiert. Wie sie sich wegdrehten, als wäre es ein Witz. Wie er mir detailliert beschrieb, wie er mir gleich seinen großen Penis einführen und mich mal ordentlich durchficken würde, denn das fehle diesem frigiden linken Luder offensichtlich. Wie ich seine Sätze laut spöttisch wiederholte. Keine leichte Beute, hart zu beeindrucken. Wie er mich festhielt. Wie er seine Hände um meinen Hals legen wollte. Wie ich in letzter Sekunde die Hoftür aufsperren und ihn davon abhalten konnte, mir Gewalt anzutun. Wie ich hinter der Tür zusammenbrach. Wie er auf der anderen Seite stand und mich lautstark beschimpfte. Wie eine Bekannte mich am nächsten Tag fragte, ob ich die Polizei verständigt habe. Wie ich verneinte. Wie sie sagte, es sei mein Versagen, wenn er stattdessen eine andere vergewaltige.

Bemerkenswert sind weniger die Situationen, sondern die reflexhafte Suche nach der eigenen Schuld. Und genauso schnell wie sich diese Begegnungen entwickelten, genauso schnell waren sie vergessen. Nach wie vor gehören sie einfach dazu. Als hätte sich nichts geändert. Das Leben einer Frau. Überleben im Patriarchat. Die Therapeutin fragt, ob ich etwa nicht vorher an so etwas denke, wenn ich mich so kleide. Was für eine Frage. Natürlich tu ich das. Und das macht mich am wütendsten. Dass ich mich vorher damit beschäftigen muss, welche Wege ich zurücklegen, welche Orte ich besuchen werde. Die Erfahrungen, die sich einschreiben. Es wird durch keine Unterführung gegangen, keine Mitfahrgelegenheit in der Nacht genommen, es wird kein Getränk stehengelassen, es wird allen geschrieben, sobald man zuhause ist. Es wird sich erkundigt, ob die anderen auch zuhause sind.

Wie geht es der Schriftstellerin, die ständig auf ihren Sexroman angesprochen wird? Aber nicht auf die interessierte, sondern auf die schäbige Art?

Verwertungslogik: Mutige Schriftstellerin schreibt über Lust und Befriedigung und darüber, dass es auch dazu gehört, sich selbst zu blamieren.
Blamage ist auch ein gutes Thema.
Peinlichkeiten gehören in der Liebe, in der Lust dazu. Wer darf sich jedoch die Peinlichkeiten erlauben und wer wird nicht nur danach beurteilt, sondern auch (für sein Begehren) bestraft? Was ist denn also »peinlich«? Ist es peinlich, wenn ich konkret formulieren kann, dass ich jemanden, dass ich dich will, und wie ich es (mit dir) will? Dass ich dich gerne küssen, dich gerne berühren würde, dich frage, ob du es auch willst? Wenn ich dir sage, wie ich dich spüren, dich lieben, mich dir hingeben möchte? Dass ich auf dich stehe, dich heiß finde, meine Unterhose nass wird, wenn du mir die sexy Sätze, die sexy Blicke hinwirfst? Dass ich mich anfasse, an dich denke, sogar dein WhatsApp-Profilbild dabei anschaue, deine Voice-Messages höre, deine Texte nochmal lese?

Nein, natürlich nicht.
Und gleichzeitig: Ja.

Selbstoffenbarung nicht als Geschenk betrachten, sondern als Needyness, als eine bezeichnet werden, »die es nötig hat«. Unterschiedliche Bewertungsstandards. Sexistische Beschämungsstrategien. Frauen sollen sich freuen, wenn sie von Männern begehrt und gefickt werden (cishet-Modell), aber doch nicht selbst ihre Befriedigung einfordern, besprechen, kommunizieren können. Sobald ich mich offenbare, sobald ich zeige, was ich will oder eben nicht will, dass ich dich will oder eben nicht will, laufe ich Gefahr, dafür bestraft zu werden. Das können abwertende Begriffe und Bezeichnungen, aber auch konkrete professionelle, wirtschaftliche, soziale Nachteile sein. Das kann zu körperlicher Gewalt führen, zu Übergriffen. So geil bist du auch wieder nicht, rief mir einer der beiden Männer auf der Straße hinterher. Sei doch froh, dass dich überhaupt einer will. Wie oft habe ich das, haben

wir das schon gehört. Schuld, Strafe, Sühne. Es tut mir leid, dass dich mein Rock erregt hat und du mich direkt gleich mal festhalten musstest. Meine Arroganz vermied es mir, mich auf das Kompliment einzulassen, Entschuldigung.
Die weibliche Lust wurde jahrhundertelang pathologisiert. Zu nuttig, zu verklemmt, zu gierig, zu prüde, ekstatisch, teuflisch, böse. Als gäbe es nur Extreme.
Wie kommen wir da raus?

Vielleicht auch durch Literatur.
Die Horoskop-App-Benachrichtigung: Your history is not raw material to be plundered.

In den Zeitschriften und Frauenmagazinen steht, dass es jetzt um die weibliche Lust geht (»So kommst du garantiert«, »Dieses Powertool hat Orgasmusgarantie«, »Jetzt wird masturbiert!«, »Zeig ihm, was du willst!«), aber kann es tatsächlich ausgelebt werden? Ich werde empowered, angefeuert und feucht. Und dann? Für wirklich einvernehmlichen Sex bedarf es einer*n Partner*in, der*die sich verpflichtet fühlt, sich auf veränderliche Wünsche einzulassen. Konsens muss ständig neu überprüft und gegeben werden, so wie die Sicherheit, dass die Bedürfnisse gehört und angenommen werden. Das können Regeln sein, Vorhaben, aber auch konkrete Fragen nach Handlungen. Darf ich dich küssen, ich möchte, dass du in mich eindringst, ich möchte auf jene Art verhüten, ich möchte nicht, dass du mich so anfasst. Mehrere Kommunikationsebenen gleichzeitig. Ich will dich mit mir sprechen, dich atmen hören, manchmal lachen wir dabei, das ist schön. Sex ist politisch. Ist es erotische Literatur also auch? Wenn in meinen Romanen keine sexuellen Praktiken oder nur zweifelhafte vorkommen, was sagt das letztendlich über mich als Verfasserin aus?

Die Schriftstellerin ist bereit. Sie fängt jetzt an, diesen Text zu schreiben.

Die reale Begierde der letzten Monate begann mit den ersten warmen Tagen (Februar!) und steigerte sich zwischendurch in einen Zustand der Unerträglichkeit (uff!). Tägliche Masturbation und selbst das Sprechen darüber (mit Freund*innen, zum Abgleichen der Zustände) konnte die Gier nicht stillen – die Verwandlung des erlebten Ergehens in Prosa würde Abhilfe schaffen. Komm in mein sexy Gefängnis, ich werfe den Schlüssel fort. Dachte sie sich. So in etwa hat sie den Essay angekündigt. Okay, jetzt wird es aber wirklich geil. Die Idee für den Text, den sie so gerne schreiben will: Der Mann ist nicht da (klassische, mehrmonatige Geschäftsreise) und die Protagonistin wird auf sich und den eigenen Körper zurückgeworfen. Denn kaum ist der Macker (liebgemeintes Kosewort) fort, da ballern plötzlich die Hormone. Schlechtes Timing? Huch, sie träumt nicht nur jede Nacht von Sex, sondern sie will auch dringend welchen – und zwar neuen und aufregenden. Fragen kommen auf: Wie will sie geliebt, wie möchte sie angefasst werden? Vor allem von wem, wenn der eine andere Körper, von dem sie seit Jahren befriedigt wurde, auf Reisen ist? Schön. In Zeiten der Veränderung läuft sie zur Höchstform auf. Liegt die neue Lust an der Entfernung der Hormonspirale? Oder hat sie mit Anfang dreißig endlich diesen entspannten Umgang mit sich, ihrem Körper und ihren Bedürfnissen, den sie sich dringend vom Älterwerden erhoffte? Hitze, Reize, Leidenschaft. Ein*e Liebhaber*in muss her. All you need is love, äh, Sex. Die Schriftstellerin schwitzt. Den Text will sie selbst gern lesen.
Hier endet die Überlegung.

Weiter kommt sie nicht. Die Frau braucht eine Affäre. Die offene Beziehungsstruktur mit dem Mann würde dem nicht entgegenstehen. Es würde nicht um Treue und Betrügen und Lügen und Geheimnistuerei gehen (weg von der monogamen Paarbeziehung). Es ist eine andere Überlegung, die sie hindert. Doppelmoral.

Was würde für sie auf dem Spiel stehen, würde sie ihre (neue) Lust nach außen kehren und sich einem neuen Körper hingeben? Während ihr ständig gesagt wird, dass sie formulieren können muss, wie und was sie (sexuell) will, fragt sie sich, ob sie es überhaupt darf.
Ich möchte ihr (und mir) sagen: Sei sexy, sinnlich, selbstbestimmt – du verdienst das, das Leben ist zu kurz usw. Aber, Moment einmal, würden wir uns damit nicht schonungslos enthüllen und zu einer leichten Beute machen? Würden wir uns unserer Würde, unserer Privatsphäre berauben? Die Schriftstellerin und ich ahnen, wenn wir jetzt Ja zum Abenteuer sagen, verlieren wir eventuell die Möglichkeit, ein Nein hinterherzujagen. Performance-Druck: rape fantasies als Feministin. Darf ich das? Darf ich das aufschreiben, publizieren? Nein, anders gefragt: Was werden die Konsequenzen sein? In extremen Fällen verlieren wir den Schutz, den wir zum Überleben in dieser Gesellschaft brauchen. Dieser Text als Beleg für ihre, äh, meine willenlose Art? Wir ahnen auch, wenn wir uns für das Ausleben unserer sexuellen Fantasien entscheiden, begeben wir uns in eine zwar aufregende, aber auch widersprüchliche Welt – eifrig gewillt, die eigene und die fremde Sensationslust zu befriedigen. Mir fiel es nie schwer, über meine Crushs, Geschlechtsverkehr oder Fetische zu sprechen. Indiskretion und Neugierde. Genuss und Zufriedenheit auch durch die Erlebnisse und Geschichten anderer. Das Leben ist sexy. Mein Leben ist sexy. Nein, mein Leben soll sexy sein.
Was genau bedeutet das? Performance-Druck: Für mich selbst formulieren können, was ich will, und anderen signalisieren, dass ich die Sprache beherrsche. Für andere formulieren, was ich wollen möchte und mir beweisen, dass ich Sex beherrsche. Gibt es überhaupt weibliche, talentierte Schriftstellerinnen, äh, weibliche Lust?

Meine Mutter hat zu oft gesagt: Schicke niemals Nacktbilder und lass dich niemals beim Sex filmen. Wenn ich jetzt einen reizvollen Text über Hingabe und Loslassen veröffentliche, wird mir das einmal nachhängen, wenn mir etwas geschieht, was ich nicht will? Was mich verletzt? Wenn ich mich hier jetzt öffne, bin ich dann selbst schuld? Wird so ein Text gegen mich verwendet, so wie die Bilder gegen mich verwendet werden könnten, die ich verschicke?

Ungleiche Beschämungsstrategien.
Ich erhalte, wir erhalten, ungefragt Dickpics, Onaniefantasien, Beschreibungen von Sexträumen, in denen ich, in denen wir vorkommen. Und wenig passiert. Mitunter fühlte ich mich für den Erhalt so einer in Bedrängnis bringenden Nachricht verantwortlich. Mitunter werde ich für den Erhalt dieser Nachrichten verantwortlich gemacht. Mitunter fühle ich mich geehrt, bestätigt, geil.

Als Teenies übten wir miteinander küssen und knutschen, damit wir es dann schon können, wenn wir mal verliebt sind. Wir übten das Kondom überziehen, damit wir zeigen konnten, dass wir wissen, was wir tun. Wir recherchierten und suchten nach Tipps und Tricks. Blowjob-Tutorials aus Versagensangst, Anleitungen zum Lustgestöhne, Pornos schauen als Weiterbildungsmaßnahme. Üben, üben, üben – für jemand anderen. Übung macht die Meisterin. Als Teenies fanden meine Freundinnen und ich es eklig, geleckt zu werden. Lieber nicht, nein danke, schnell weg da. Sich selbst für den Körper schämen, für den Geruch, das Schmatzen, den Ausfluss. Darüber hinwegkommen. Sich selbst lieben, den eigenen Geruch, den Ausfluss, die Geräusche, die Art, wie ich stöhne, wenn ich nicht an den männlichen Blick auf mich und meinen Sex denke? Was sage ich, was fühle ich, was spüre ich, was möchte ich? Ich will gewürgt werden. Warum?

Gestern ging ich spazieren. Mein Outfit war banal: beigekarierte Jogginghose, cremefarbener Rollkragenpullover

und darüber ein Trenchcoat. Ein Mann fuhr auf dem Fahrrad auf mich zu, verlangsamte das Tempo und sagte aggressiv: Ich will dich ficken. Er schnaufte verächtlich und fuhr weiter. Was war das? Ich blieb cool.
Einmal stand ich im Wohnzimmer meines Nachbarn T. und unterhielt mich mit einem anderen Partygast. Ich sagte, dass ich in der Wohnung schräg gegenüber leben würde. Da rief T.s Bruder durch den Raum: Ach, du bist die lüsterne Nachbarin. Ich lachte laut.
WG-Treffen, da beugte sich meine Mitbewohnerin R. über den Tisch und flüsterte eindringlich: Du giltst bei M.'s Freunden (M: ihr Typ) als Hure, achte etwas mehr auf deinen Ruf. Ich zeterte.
Im Club. Der Mann der mich anmachte, gefiel mir nicht. Er sagte: Aber mit A. hast du doch auch gebumst. Warum nicht mit mir? Ich überlegte.
Ich knutschte mit F. und sagte nicht Nein, weil es einfacher war, schnell Sex zu haben, als zu diskutieren und er war ja eh nett. Ich machte mit.
Ich war zu Besuch bei G., er ließ mich bei sich wohnen, während ich auf Durchreise war, er wollte unbedingt. Ich glaubte, es wäre unhöflich, jetzt nicht zu wollen und ließ ihn mit mir schlafen. Ich fand's okay.
In meinem Bett. R. wollte die Position wechseln, auf dem Kondom war Blut. Er fand das eklig und verlor die Lust. Er fragte mich, warum ich ihm nicht sagte, dass ich menstruiere. Ich schämte mich.

Warum fallen mir immer erst diese Momente ein und später die schönen, intimen Begegnungen?
Als der Mann und ich uns nach mehreren Stunden vögeln weinend in den Armen lagen, weil wir so etwas Großes noch nie spürten und fortan monatelang nichts anderes taten, als diesen Power-Orgasmus erneut herzustellen? Oder dieser andere Mann, der das erste Mal in meinem Sexleben Consent wirklich lebte, mit dem es ganz natürlich immer wieder

zu Pausen kam, in denen wir uns anschauten, kicherten und uns gar nicht trauten, zu glauben, was hier gerade geschah, uns ständig ein »oh, fuck« herausrutschte und wir versuchten, uns überwältigt nie wieder zu lösen und irgendwann erschöpft einschliefen, als die Hausmeisterin laut gegen die Decke polterte und so ganz wie in einem BRD-Film um Ruhe bat? Oder als ich endlich mit der schönsten Frau schlief und mich ärgerte, so viel besser zu wissen, wie ich mit einem Penis umzugehen hatte als mit einer Vagina und die Unsicherheit (in der Retrospektive extrem peinlich) zu verheimlichen versuchte? Als ich mit meinem langjährigen Crush endlich die Möglichkeit fand, uns auszuziehen und auszukosten und es noch schöner war als vorgestellt? Als ich überraschend von ihr geküsst wurde, auf dem Balkon am Samstag und wir uns lachend gestanden, das schon so lange vorgehabt zu haben, uns ins Bett legten und unsere Hände nicht mehr voneinander lassen konnten (die weichste Haut)? Als er mir im Kino in die Augen blickte, ich es nicht fassen konnte, er mir die Hand unter den Rock schob und ich Angst hatte, einen Fleck zu hinterlassen, weil es mich so aufgeilte? Als ich mit ihr im Club so heftig fummelte, dass ich schon dadurch beinah kam? Als er mich küsste und mir offenbarte, dass er unentwegt an meine Erotik denken müsse. Als wir erst ewig Arm in Arm spazieren gehen mussten, ehe wir uns endlich küssten und dies folgend tagelang taten und auf eine neue Art süchtig und high wurden, die ich vorher nicht kannte? Wir im Kaufhaus turtelten, unsere Lippen vor den großen Fenstern aneinanderpressten und keine Worte für unseren Sex übrig hatten, weil verschiedene Lustformen aufeinanderprallten und wie Wellen über uns hinwegrauschten? Als ich zuhause lag und an die Körper dachte, meinen Körper berührte, mit mir selbst lachte und mich freute, dass es so schön war?

Wie ich jetzt an meinem Schreibtisch sitze und all diese Momente parallel in meinen Hirn existieren, ablaufen, irgendwo in meinem Körper gespeichert wurden.

Ach, schönes Schwelgen.
Ich sollte doch einen sexy Roman schreiben.

Die Schriftstellerin und ich fühlen uns einem Schlager entsprungen.
Ohne dich schlaf ich heut Nacht nicht ein, ohne dich fahr ich heut Nacht nicht heim. Wie schön ist es bitte, hemmungslos zu schwärmen und noch hemmungsloser zu flirten. Ich gebe offen zu, das, was ich will, bist du. Keine Angst vor Ablehnung. Ein Korb gehört dazu. Viele Körbe auch. Ouch, das tat zwar weh. Aber okay, emotional und offen zu sein, ist auch schön. Dann eben auf jemand anderes konzentrieren. Auswahl gibt es schließlich (vgl. »Es gibt nicht nur ne Hand voll, es gibt ein ganzes Land voll«; Ergänzung: Wir begehren international!). Coolness auch als Performance hinter sich lassen. Sich selbst nicht genieren. Keine Angst davor, zu viel zu sein. Darauf vertrauen, dass die andere Person ihre Grenzen kommunizieren kann, weil wir selbst den Raum dafür erschaffen. Nicht zu viel werden können, weil wir die Grenzen akzeptieren. Nicht die eigenen Nachrichten, Gesten, Sätze, Blicke durchanalysieren, überinterpretieren. Keine Scheu, keine Scham. Verlassen werden. Für jemand anderes, für eine jüngere, eine ältere, einen, der ganz anders ist als wir, für jemanden, der irgendwie genauso ist wie wir. Liebeskummer. Sich selbst wieder aufklauben. Die Wunden heilen lassen. Die Schriftstellerin und ich finden es heiß. Wir wollen uns immer in das Abenteuer, in die verheißungsvolle Liebelei stürzen, uns verwundbar machen, uns öffnen. Schaut uns an. Schaut mich an. Wir haben immer noch Bock!

Wir fangen jetzt an.
Jetzt wird's geil.

Always ask yourself: is this person worth disrupting my vaginal pH for?

@veronicakallday

SOMMER 2021

Ok, geil.
Die Schriftstellerin hat wie nebenbei einen Liebhaber gefunden (in der Schlange vor einem Geschäft), der nicht nur extrem schön, sinnlich und begehrenswert scheint, sondern, auch in sozialen Situationen nicht gerade unfähig, es schafft, ihr Umfeld in seinen Bann zu ziehen. Es sei ihr gegönnt, war doch der Ehemann gar nicht mehr von der Geschäftsreise nach Hause gekommen (huch) und hat die Schriftstellerin in der gemeinsamen Wohnung zurückgelassen (auch schön). Der Ehemann hat indessen erkannt, dass er eine Pause von der angetrauten Autorin braucht und sich somit ernstlich über das Auftauchen des Jungspunds gefreut. Die neue Aufmerksamkeitsökonomie. Endlich konzentriert sie sich auf einen anderen. Der arme Mann, der ihr so ausgeliefert war. Zum Glück hat er jetzt eine Pause. Zum Glück gibt es jetzt einen anderen, der für die dringend notwendigen Höhepunkte im Alltag sorgt. Geteilte Arbeit sozusagen. Win-win.

Jetzt kommt's.
Ein Happy End für alle, die auf Gefühle stehen. *The woman who has it all.* Beruflichen Erfolg, ein intensives Sexleben, die Verlässlichkeit der Ehe, ein progressives Mindset, zum ersten Mal Geld und eine gewisse Grandezza, die sich durch alle Lebensbereiche zieht. Wie schön. Sie schmachtet, sie schmilzt.
Das ist es doch (wirklich), wofür es sich zu leben lohnt. Die Liebe! Die Geschehnisse reihen sich aneinander, als wären sie einem Hollywood-Drehbuch entsprungen, inklusive Hochzeit in einer großen Stadt mit ordentlicher Skyline in den USA – aber was soll sie machen? This is true love! Sie und der Mann. Sie und der Liebhaber. Sie schwitzt, sie schreibt alles auf. Sie macht ihre Männer zur Arbeitsgrundlage. Denn wie hat Theresia Enzensberger erst neulich zu ihr

gesagt? Was erwarten diese Typen eigentlich – die können doch nicht Schriftstellerinnen daten und glauben, sie würden kein Material werden. Wie recht sie doch hat. Am besten schreibt es sich über das, was man kennt. Und sie kennt diese Männer. Wovon soll sie sonst berichten? Und was wollen die Leute lesen? Eben!

Die Schriftstellerin ist. Diese Geschichte ist ein weiterer Beleg: Nur die Liebe zählt. Ein Beitrag, vermeintlich leicht abzulegen bei all den anderen Essays, Gedichten, Storys, Erzählungen, Büchern dieser Art – aber keine Zeitverschwendung, nein, herzzerreißend und erotisch, tragisch und cool. Der Rausch der Gegenwart. Romanzen im Spätkapitalismus. Die Frau, glücklich verheiratet und verliebt in einen Liebhaber. Na, wo gibt's denn sowas? Genau richtig für das öde Sommerloch, ideal geeignet als Strandlektüre. Antitoxisch zur Angst vor dem Ende des Sommers (die mich jährlich in der ersten Augustwoche ereilt). Taschentücher! Es wird romantisch! Eiswürfel, Ventilatoren! Es wird schwelend. Der Himmel in dieser Geschichte brennt jeden Abend lichterloh. Hitze, Hormone, Happy End.

Ein Text über die Liebe – weil die Liebe das Schönste ist auf der Welt.
Sommer 2021: All you need is love, äh, money (vgl. »Liebe vergeht, Hektar besteht«).
Feeling all the feelings. Absurde innerliche Unruhe. Wie von der Tarantel, der Wespe gestochen, dem Schlag getroffen. Der Schlager säuselt im Radio. Sie ist von Kopf bis Fuß auf Liebe eingestellt. Na, ob ihr das nicht noch früher oder später zum Verhängnis werden wird. Später wird sie sich ein Eis gönnen. Später wird ihr die Welt zu Füßen liegen. Früher dachte sie, es gäbe eine natürliche Grenze des Glücks, jetzt erscheint ihr all das uferlos.
Ok, puh, das Schriftstellerinnenherz klopft wild. Der Liebhaber, der gerade noch im Bett neben ihr lag, holt Croissants

zum Frühstück und lässt sie, frisch geduscht, für einen kurzen Moment in der noch beinah kühlen Wohnung zurück. Sie ist sich sicher: Über die Liebe nachzudenken würde sich immer lohnen. Sich diesem Wahn auszusetzen würde sich immer auszahlen. Ist das das Paradies? Paradiesisch fühlt sich die befriedigte Frau, denkt, das wird jetzt für immer so bleiben. Sie kündigt per Telefon ein neues Buch an. Da klatscht die Verlegerin in die Hände. Jawoll! Material, Material, Material. All das hier ist Recherche. Für den großen Liebesroman. Schön schwülstig, schweißtreibend und stilsicher wird sie es formulieren. Einfach elegant aufschreiben. Herzig wird's werden. Es ist allerhöchste Zeit, die Gefühle zu notieren und die Wirklichkeit zu protokollieren.

Ein Text über die echte, große, schöne Liebe.
Die, nach der sich fast alle sehnen.
Die, für die wir kämpfen.
Sie ruft den Ehemann an, der geht nicht ran, der hebt nicht ab. Schade! Das hätte jetzt gut gepasst. Dabei wäre sie ganz gesprächig gewesen. Ach, sie hätte auch ganz engagiert zugehört. Sie hätte richtig viel Aufmerksamkeit übrig gehabt, sogar Interesse.
Das bedeutet nichts, der arbeitet. Immer diese viele Arbeit. Meine Güte, dieser arme Mann, denkt die Schriftstellerin, zum Glück erholt er sich von ihr. Ein Lächeln, so ein gemeines, kein freundliches, nein, ein anderes, zeigt sich in ihrem Gesicht. Weil sie es so schön hat. Freude, Schadenfreude, Vorfreude. Egal, Hauptsache Glück!

Der Schlüssel im Schloss.
Wie sicher sich der Liebhaber durch ihre Wohnung manövriert, fast so, als würde sie schon ihm gehören. Als würde er zu ihr gehören. Sie mag das. Seine Schritte, schon so vertraut. Zum Glück singt er nicht. Nein, er ist da ganz angenehm. Generell bisher kaum störende Geräusche. Er bereitet das Frühstück vor, sie liest einen Text. In dem Text geht es

um Las Vegas. *Do you want to keep on researching,* säuselte der New Yorker Kurator der Schriftstellerin erst neulich ins Ohr. Nein danke, sagte sie und schlief trotzdem mit ihm. Weil er dabei immer so niedlich dreinschaut. So ganz fassungslos, verdattert. Das mag sie. Wenn die Männer ihr Glück kaum fassen können. Wenn sie das Glück dieser Männer ist.

Der richtige, der gute, der Lieblingsliebhaber mag die Orangen-Zitronen-Marmelade auch so gern. Der Kaffee schmeckt den beiden köstlich. Im Radio kommen die harmlosen Lieder, die keine Relevanz in diesen Momenten haben, aber sich so gut im Hintergrund machen. *Tropical the island breeze.* So ein banaler Morgen. Gleich werden sie in ihre eigenen Rhythmen, in ihre eigene Abläufe gleiten. Vielleicht sollten sie gemeinsam in den Urlaub fahren. Gute Idee eigentlich. Wer träumt nicht von zu heißen Nächten in Hotels, üppig dekorierten Cocktails, hässlichen, aber sehr schönen T-Shirts von Souvenirständen und zwei Liegestühlen am Strand, einem Sonnenschirm und einem Körper neben sich, den man so sehr begehrt? Das Meer, ein Pool, der Sonnenbrand, die Aufregung. Touristische Verwirrungen, Irritationsmomente, Heimlichkeiten. Palmen, Salzwasser und vielleicht ein kleiner Streit. Wer in der Stadt der Schriftstellerin lebt, weiß, das Urlaubsglück liegt nur eine Zugfahrt in den Süden entfernt. *Our love is made in the dolce vita nobody else than you.*

Ja?
Hm.

Dann schaut der plötzlich ganz düpiert. Wieso schaut der denn so traurig? Er legt die Hände auf den Tisch, greift nach den ihrigen, denen der älteren Frau, streichelt sie, sagt: Das geht so nicht mehr. Huch. Was ist denn hier geschehen. Damit haben wir jetzt alle nicht gerechnet, wo es doch so schön gewesen war. Hat sie sich verhört? Wie bitte? Ja. *Too much too soon?* Nein, sagt der junge Liebhaber, das geht so nicht mehr, er könne das nicht. Aber was denn, fragt die Schriftstellerin, die beinah alle Wörter verloren hat. Wörter, ihre eigentliche Arbeitsgrundlage, nicht Männer. Plötzlich erinnert sie sich. Sie will ihre Wörter nicht verlieren. Sie weiß im ersten Moment nicht, ob sie bereit ist, ihn zu verlieren, aber lässt sich sicherheitshalber nichts anmerken. Sie ist flexibel. Nicht nur körperlich. Er schaut noch immer so. Die so schönen, so großen Augen, plötzlich ganz schwer, unangenehm auf ihr haftend. Er will sich in eine andere verlieben, in eine, die zehn Jahre jünger ist als die Schriftstellerin und damit, so ist er sich sicher, auch weniger kompliziert. Na sowas. Ist er beim Ausflug zum Bäcker etwa gestürzt? Die Schriftstellerin denkt darüber nach, dass es Menschen gibt, die solche Scherze machen. Die Extremsituationen brauchen, damit ihr Gegenüber die Gefühle noch einmal versichert, bestätigt, beteuert. Sie will verständnisvoll sein. Krisenmanagement. Wieso das denn? Egal, sagt er. Ist halt so. Wieso? Er lässt die Hände los. Wird ungeduldig. Mit so vielen Fragen hat der wohl nicht gerechnet. Die Schriftstellerin sei zu viel wert, sagt er. Also auf dem Markt, das ist zu anstrengend. Zu groß das Paket. Zu groß die Minderwertigkeitskomplexe. Ach! Da schluckt sie. Zum Glück ist der Kaffee schon kalt. Sie hätte sich ordentlich verbrennen können. Dabei wurde ja nur dem jungen Mann die Situation zu heiß. Wenigstens ist er ehrlich, denkt sie sich. Ehrlichkeit ist in einer funktionierenden Beziehung das A und O.

Was für ein Klischee, sagt sie. Jetzt schluckt der Liebhaber, der keiner mehr ist.

Auf so eine Demütigung müssen radikale Taten folgen! Sie zieht den Mann in die Höhe, der sich noch den Rest Kipferl in den Mund schiebt. Alles nehmen, was man kriegen kann. Verständlich. Dabei erbt der später sogar einmal. Er braucht also gar nicht in Panik zu geraten. *Every time I think of you I get so emotional baby ain't it shocking what love can do.*

Sie will nicht einfach sein, aber einfach zu haben, denkt sich die frisch verlassene Schriftstellerin und schiebt den noch kauenden Mann zur Tür hinaus. Der protestiert zwar lieb und wie es sich gehört, aber hat keine Chance. Sie küsst ihn noch einmal zum Abschied. Dabei sind seine Küsse das Unaufregendste an der Sache. Das hätten sie ruhig noch eine Weile üben können. Es bringt ihr ein Gefühl der Genugtuung, als sich seine Augen mit Tränenflüssigkeit füllen und er versucht, nach ihrem Körper zu greifen, dabei so ungeschickt wirkt wie ein hilfloser Bub und sie die Tür vor seiner Nase schließt. So hat sie sich das immer vorgestellt. Eine starke Geste. So autark, so selbstständig und selbstbestimmt. Ganz die Frau, die sie sein will. Seine Schritte im Stiegenhaus. Alle wissen es: seine Schritte hier zum letzten Mal.
I know he used to do nice stuff for you, but what has he done for you lately?

Die Schriftstellerin weigert sich, traurig zu sein. Bei allem Schmerz, das geht zu weit. Die Schriftstellerin ruft den Herausgeber eines Literaturmagazins an. Ein Essay über den Sommer, na, wie wär's? Gut wär's, klar. Der Frühlingstext hat mir schon ganz gut gefallen. Eine Fortsetzung davon klingt passend. Toll, abgemacht. Super. Schwitzt du auch so? Ganz furios. Suppenartig. Aluminium in Deos soll nun doch nicht mehr schädlich sein, kam heute im Radio. Ach! Ich höre den falschen Sender, bei mir kamen nur schnulzige Popsongs. Auch schön. Total. Tschüss! Bis später.

Gleich noch einer. Also sowohl verlorener Mann als auch Textauftrag.
Mehr Texte über die Liebe. Aber weniger Zuneigung im echten Leben.
Ein schönes Dilemma.
Aber sie ist doch Profi.
Sie kann sich doch hineinversetzen. Sie hat Vorstellungskraft. Sie muss sich nur in dieses Gefühl zurückfallen lassen,

bis vor fünfzehn Minuten. Das Unangenehme einfach ausblenden. Ein schönes Talent. Ein schöner Beruf. In ihrer literarischen Welt hat die Trennung noch nicht stattgefunden. Muss sie vielleicht gar nicht. In so einem Text kann alles passieren. Sie versucht, sich an die Sorglosigkeit zu erinnern.
Über die Liebe also, der sie sich bis vor Kurzem sicher war.
Die, auf deren Erleben sie so stolz, ja, wegen der sie so arrogant war.
Die, die es (für sie) nicht gibt.
Hatte sie es nicht längst geahnt?
Glück im Spiel, Pech in der.
Der Glückskeks letztens befahl: *work hard, play hard* (arbeite hart, spiele hart).
Aua.
Jetzt zerbricht es doch, das Herz.

Und so steht sie hier, im unordentlichen Wohnungsflur, hinter der geschlossenen Tür: offen, verwundet, verlassen, entliebt, leer, einsam. Der junge Liebhaber war gegangen, der Ehemann nie zurückgekehrt. Was für ein Desaster für eine, die sich der hemmungslosen Empfindlichkeit, der Euphorie, der Schwärmerei hingeben wollte. Sie noch einmal groß behaupten, weil das Ende schon so offensichtlich war – der Ehemann ging schließlich schon seit Wochen kaum ans Telefon. Achso! Das ist eine Info, die sie uns geschickt vorenthalten hat. Nicht nur das Herz, sondern auch die Ehe bricht. Marmor, Stein und Eisen bleiben resolut. Sie wollte das Bild, das andere von ihr haben, als Liebende und liebenswert, noch einmal verfestigen, ehe sie die Verlassene sein würde, die sie nun ist. Eine, die nicht länger attraktiv für ihr ausgesuchtes Gegenüber war. Pardon. Für alle ausgesuchten Gegenüber. Nicht mehr sexy, schön, lustig, schlau genug. Oooops, das Ende. Wie unnötig. War sie doch ganz am Anfang. Es sollte doch jetzt losgehen, das wirklich schöne Leben. Der Sommer geht noch ein paar Wochen. Sie will jetzt was.

Sie hat neuen Kampfgeist. So einfach lässt sie sich nicht abhängen. Sie ruft den Ehemann an. Der geht wieder nicht ran. Ja, sag einmal, wieso geht der bitte schön nie ans Telefon? Sie hat schließlich etwas Wichtiges zu berichten. Hallo Schatzi, will sie sagen, ich schreibe jetzt ein Buch über uns. Was für eine schöne Idee! Mi amore! Inklusive detaillierter Beschreibung der Eheschließung. Die war nämlich besonders schön, so wie ihr Schleier, den sie noch am Vortag für zwölf Dollar bei craigslist kaufte, das rosa Fake-Versace-Kleid, die Cocktails im sechsundneunzigsten Stock. Der Erdbeerproteinshake, den sich die Standesbeamtin während des Kusses reinknallte. Davon gibt es ein Foto. Das Original ist verschollen. Die Schriftstellerin hat nur eine digitale Kopie. Sie wird es groß drucken lassen und dann aufhängen. Dabei geht es ihr weniger um die Sache (die Hochzeit, die Ehe, die Markierung davon) als um die grandiose Bildkomposition. Sie sei ständig so analytisch, so kalt, sagt der Ehemann, als wäre sie kein Teil davon. Wovon eigentlich? Egal mit wem sie zusammen ist, sie existiert ja doch nur mit sich. Ungenierte Selbstentblößung. (Denn wenn sie sich hier jetzt nicht auszieht, wer tut es dann?) Jetzt wird's endlich schön: Nun folgt endlich die leichte, Pardon, seichte Unterhaltung. Frauenliteratur eben.

Die Literaturkritik bewertet Texte von Schriftstellerinnen anders als die von ihren männlichen Kollegen. Entschuldigung. Die Literaturkritik bewertet Schriftstellerinnen anders als ihre männlichen Kollegen. Während den Autorinnen oftmals ästhetische Entscheidungen abgesprochen (geschah ihr zwangsläufig, aus Versehen, kann sich um keine Methode handeln), ihre Themenwahl bemängelt (banal, nicht literaturfähig) und ihre Erzählstrategien (oberflächlich, kitschig) verkannt werden, rücken dafür ihre Körper und ihre Erscheinungsbilder in die Rezeption (sie trägt dieses und jenes, hat solche Haare, solche Augen, so eine Stimme, spricht so oder so und hat folgende Wirkung, ist nicht genug davon und zu viel hiervon). Häufig werden ihre Kapazitäten (denken, erschaffen), Talente (schreiben) und Wissen (Stil, Sprache, Form) verleugnet, mitunter vehement bestritten. Wiederkehrend werden die Verfasserinnen mit ihren Protagonistinnen verwechselt. Misogynie in der Kritik. Pardon. Misogyne Tendenzen in der Literaturkritik (ja, stimmt, es ist nicht immer so). Not all Kritiker.

In meinem Debütroman *Still halten* (Verbrecher Verlag, 2017) geht es um eine namenlose Protagonistin, die von der Stadt in die Provinz zurückgeht, sukzessive dabei wütender und zerstörerischer wird, alle möglichen Tiere umbringt und am Ende eine ungünstige Begegnung mit dem ebenso schießwütigen Förster erfährt. Dazwischen stirbt die Mutter, die selbst als Tote gutes Make-up auf dem Gesicht trägt. Die häufigste Frage, die mir in Interviews und nach Lesungen gestellt wurde, erkundigte sich nach den autobiografischen Elementen. Denn diese namenlose Frau, die ohne identitätsgebende Beschreibungen unzuverlässig durch den Text führt, bin ich. Vielleicht wurde, um die mangelhafte Beschreibung dieses Frauenkörpers auszugleichen, stattdessen in Interviews und Rezension einfach meiner beschrieben. Meine Augen, meine Zähne, meine Kleider, meine Frisuren. Der Schmuck, den ich trug, die Gesten, die ich zur Schau stellte. Meine Stimme, meine Sprechweise, meine Blicke. Meine Körperhaltung, meine Attitüde, meine Herkunft.

In meinem zweiten Roman *Spitzenreiterinnen* (Verbrecher Verlag, 2021) geht es um neun Frauenfiguren, die alle nach Frauenzeitschriften benannt sind, unterschiedliche Ideale, Vorstellungen und Kämpfe im Patriarchat verfolgen, aushalten und austragen. Sie sind unterschiedlich alt, kommen aus unterschiedlichen Verhältnissen und stehen in unterschiedlichen Beziehungen zueinander, zu ihren Rollen, zu ihren Lebensentwürfen. Die zu oft gestellte Frage: welche von ihnen ich sei. Welche von ihnen real seien. Wer von denen sind denn meine Freundinnen, meine Mutter, meine Tanten? Die Methode, vor einen Text, vor einen Film zu schreiben, dass das nun Folgende auf wahren Begebenheiten beruht, obwohl es gelogen ist. Um das Gefühl der Besonderheit hervorzulocken. Die Geilheit auf die wirkliche Authentizität, die echte Echtheit. Die Stellen, die in diesem Buch am häufigsten als überzogen, übertrieben und ironisch kritisiert wurden, sind die realsten von allen. Das liebe ich. Vier Jahre nach meinem Debütroman ging die Literaturkritik nicht mehr direkt auf meinen Körper, mein Erscheinungsbild und meine Kleiderwahl ein, dieses Mal einigten sie sich auf einen politischen Kontext. Ein feministisches Buch einer feministischen Autorin – welches durchaus auch Männer lesen können, sollen, müssen. Dieser Hinweis amüsiert mich ein jedes Mal. Ein typisches Frauenbuch, sagte da der Moderator lässig, ganz unserer Zeit entsprechend. Er habe es gelesen, weil seine Frau ihn bat, ach was, sagt er, ihn zwang, haha! *Happy wife, happy life.*

Mein Körper ist jedoch keineswegs in den Hintergrund gerückt. Nach meinem Äußeren befragt werde ich nun viel eher direkt und konkret bei Lesungen, auf Podien, Bühnen und Diskussionsrunden. Dabei geht es um die Fingernägel, den Kitsch und die kuratierte Garderobe. Die Haare, der Schmuck, die glitzernden Accessoires, die hohen Schuhe, Rosa und Pink als Farben. Die subversive Kraft der Tussi. Die Verharmlosung, Verniedlichung, Unterschätzung. Was für ein herrliches Machtinstrument. Ein Text für sich. Da sitzen Sie hier und sehen aus wie ein Engel und lesen einen so brutalen Text vor. Was für eine Diskrepanz!, kommentierte ein Mann meine Lesung und klatschte laut. Kann so eine Barbie überhaupt feministische Literatur schreiben, fragte eine Frau meines Alters, beinah spöttisch. Ja, wie hat denn nun die wütende, feministische Autorin 2022 auszusehen, die typische Frauenbücher schreibt? Also solche, die auch durchaus für Männer als lesenswert gelten.

Kurze Zeit nach Erscheinen des letzten Romans plante ich einen neuen Film. In einer Besprechung, in der es um Förderung ging, fragte mich einer der Entscheider*innen, ob ich wirklich nichts anderes zu erzählen vermöge? Das Thema hat sich doch jetzt auch langsam erledigt: Frauen. Ich musste so lachen, dass der erschrak. Das erinnert mich an eine Begegnung mit dem Direktor eines (einst) wichtigen Filmfestivals. Damals ging es um den Hybridfilm *Beauty is Life* (2020), mit dem es mir nicht gelang, ein Premierenfestival zu finden. Dieser Film besteht aus zwei Teilen und handelt von Beauty-Gadgets – Tools und Gerätschaften, die die gleichen Ergebnisse wie Schönheitsoperationen erzielen, jedoch im Komfort des eigenen Zuhauses (oder im Büro oder in der Öffentlichkeit) benutzbar und dabei wesentlich kostengünstiger und risikobefreiter sein sollen. Der damit einhergehende, kapitalistische Unterton: Das ist die Demokratisierung der Schönheit. Niemand muss heutzutage noch hässlich sein. Kaufe diese Gerätschaften und optimiere dich. Mach deine Brüste praller, deine Zähne weißer, dein Lächeln breiter, deinen Hintern straffer, deine Falten unsichtbarer und deine Vagina enger. Fettwegpflaster, LED-Masken, Nasenklammer. Im ersten Teil des Films demonstrieren zehn weiblich gelesene Personen stumm zu angenehmer Musik die Produkte. Im zweiten Teil sitzen sie an einem Tisch und sprechen über Schönheit, Sexismus und andere Zwänge. Die Kamera bleibt dabei autark in einer permanenten Kreisfahrt. Meistens sind die, die sprechen, nicht im Bild. Während der erste Teil also in einem teleshopping-ähnlichen Studiosetting inszeniert wurde, passierte der zweite ohne Skript, aber dennoch mit Rollen. Ein irreführendes Spiel mit der Wahrheit. Jedenfalls bat besagter Direktor um eine Sichtung. Die wichtigsten Festivals hatten den Film abgelehnt, viele Hochkaräter blieben nicht mehr übrig. Nach den knapp zwanzig Minuten bot er an, den Film zu platzieren. Allerdings unter einer Bedingung: Ich solle doch bitte den zweiten Teil wegschneiden. Diese Nabelschau sei so unnötig und biete keinerlei Neues. Er habe dabei nichts gelernt. Der Rest sei ja ganz witzig, weil die Geräte so blöd aussehen und so lustige Geräusche machen.

Der Film feierte stattdessen Weltpremiere auf NOWNESS, einer internationalen Videoplattform, und wurde in mehreren Ausstellungen gezeigt. Es ist schwer zu entscheiden, was fragwürdiger ist: der Versuch des Eingreifens in einen fertigen Film oder der Versuch, die verletzten, wütenden, anklagenden Stimmen zum Schweigen zu bringen. Die Idee, dass diese Stimmen nur dann relevant sind, wenn sie einem etwas Neues beibringen, oder die Vorstellung, dass dieses unangenehme Gespräch auch einfach nicht geführt werden könnte. Die Unannehmlichkeiten ausblenden, wegschneiden, nicht zeigen, nicht besprechen, nicht ausstellen, nicht berücksichtigen.

Ich denke an manche Filmfestivals, die mich in Kategorien und Wettbewerbe programmieren, die *Powerfrauen* oder *Frauenpower* heißen. Schön rein in die Subkategorie. Nicht der Hauptwettbewerb, die Sondersektion. Die vermeintlich gutgemeinte Kategorie »starke Frauen«. Was bedeutet diese Zuschreibung für alle anderen – sind sie dementsprechend schwach, zu unwichtig, zu kitschig, zu pathetisch, um von ihnen zu erzählen, ist es zu traurig, zu desillusionierend, zu banal? Bestimmt gut gemeint. Schlecht durchdacht. Ein Prinzip im Kunstmarkt. Echte Filme kommen von Männern mit Penis. Echte Kunst auch. Kunst kommt von. Immer dieses Gejammer. Am achten März dann jährlich großes Programm. Letztes Jahr schrieb mir um halb sieben Uhr morgens eine Redaktion, dass sie noch eine starke Frau für die Sendung heute brauchen.

Frage:

Wenn ich jetzt hier über die große Liebe schreibe, für die es sich zu glühen lohnt (Schlagerreferenz: »Du bist so heiß wie ein Vulkan, heut Nacht verbrenn' ich mich daran«), handelt es sich dann in dieser Bewertungslogik um mehr als um eine neuaufgelegte Schmonzette, schnöde Unterhaltung für langweilige Sonntagnachmittage, schlichtweg uninteressantes, wertloses, billiges Material, ganz meinen (biologischen) Körpermerkmalen entsprechend? Macht so eine Kritik, die Werk und Autorin nicht unterscheiden kann, also auch mich zu einer uninteressanten, wertlosen, billigen Künstlerin? Romantisch, hohl und verkitscht? Talent- und konzeptlos aufgrund meines Uterus? Uff!

Im Suff hat mir ein angesehener Literaturkritiker einst grinsend erzählt, dass er freiwillig keine Bücher von Frauen lesen würde und sie deshalb auch kaum bespricht.
Andere Party: Ein nicht mal betrunkener, aber kanonisierter Autor fand es erstaunlich, dass ich für meinen Debütroman überhaupt irgendeinen Preis gewinnen konnte, handelte es sich schließlich lediglich um das Innenleben einer nervigen Frau.
Andere Situation: Ich lerne in einer Gruppe einen Mann kennen, der mir bis zum Nachschlagen meines Wikipedia-Eintrages nicht glauben wollte, dass ich bereits zwei Bücher in einem anerkannten Verlag publizierte.
Eine Preisverleihung: Ein Juror sagt, ich solle dringend aufhören, feministische Literatur zu schreiben, denn das sei der einzige Grund, warum ich hier eingeladen bin, ein sichtbar dahinscheidendes Trendthema.
Wenn ich mich nun darüber aufrege, ja, was bin ich denn dann?

Der Kitsch des weiblichen Schreibens.
Die Geringschätzung weiblichen Schreibens (Jelinek nennt es: »Die Verachtung des weiblichen Werks«). Die Schmerzen des weiblichen Schreibens, äh, der weiblichen Existenz. Oh, wirke ich nun beleidigt, kompliziert, emanzipatorisch? Ich denke an Frauen, die sagen, sie wollen nicht wegen einer Quote in eine bestimmte Position, sondern wegen ihrer Leistung. Und immer auf diesen Begriff der Qualität pochen. Ich denke an Frauen, die Erfolg mit Leistungswillen und Lei-

densbereitschaft gleichsetzen. Ich denke an meinen Job bei dieser Talkshow, die latent sexistisch war und daran, wie ich als zu anstrengend geltend schnell entlassen wurde. Keine Teamplayerin. Achso, blöd. Die Anforderung wäre doch lediglich ein geschlossener Mund gewesen. Ich denke an die Hassnachrichten, die ich auf Kommentare zu gendergerechter Sprache erhalte und an die Vergewaltigungs- und Gewaltandrohungen, die meine schreibenden Freundinnen bekommen.

Frauenliteratur ist nicht nur ein vermeintlich obsoleter, dahingesagter Sammelbegriff für Trivialliteratur (echte Literatur kommt von weißen Männern mit Penis), sondern kann reale wirtschaftliche, soziale Nachteile und systematische Herabsetzungen mit sich bringen. Wenn die Kritiker*innen lieber unsere männlichen Kollegen besprechen, diese vehementer empfohlen, besser verkauft, für größere Bühnen gebucht werden, höhere Gagen verdienen und hübschere Preise gewinnen, ist das manchmal einfach nur ärgerlich – oder strukturell begünstigt.

Da sitzt sie, die Schriftstellerin, auf mehreren Ebenen gekränkt. Eher eine Leberwurst statt ein Sonnenschein, kein zartes Blümlein mehr mit rosigen Backen und rosigen Schenkeln. Hab dich nicht so, liebe Schreibfrau. Wird schon wieder. Aber neben dem Liebesroman ist auch das ein sie immer umgebendes Klischee. Ungerechtigkeit immer da rufen, wo ihr Talent nicht ausreicht. Ihr eigenes Versagen und mangelndes Vermögen (in jedem Sinne) externalisieren und auf allgemeines Unvermögen pochen. Dabei hat doch erst neulich wieder jemand gesagt, dass es zu einfach sei, alles auf die strukturelle Unterdrückung zu schieben. Es gäbe auch noch das individuelle Scheitern. With hard work and dedication kann auch diese Schriftstellerin alles schaffen. Und letzten Endes: Wen interessiert es schon? Wen interessiert sie schon?

Die Schriftstellerin zieht sich an, verlässt das Haus und lässt sich ein zweites Mal in ihrem Leben ein Bauchnabelpiercing stechen. Als sie sich auf der Liege positioniert, erkundigt sich der Piercer nach etwaigen Fragen.
Die Schriftstellerin: Ist das hier eine Quarterlife-Crisis?
Der Piercer: Nein, das ist einfach nur geil.
Der hat gut lachen.
Ein kurzer Schmerz und schon schmückt das rosa funkelnde Teil ihren Nabel. Einunddreißig und endlich wieder Strass am Bauch. Draußen warten mehrere, unglaublich hübsche Teenager. Diese Mädchen sehen aus wie die Tussis von damals. Sie mag das. Sie mag auch den irritierten Blick von einer von ihnen. Dann sitzt da eine in ihrem Alter, ebenfalls das Bauchnabelpiercingformblatt ausfüllend. Sie lächeln sich an. Am allermeisten mag sie, dass sie sich dieser Prozedur an exakt diesem Tag unterzogen hat, um ihm wenigstens irgendeine Form der Schönheit zu verleihen. Kontextverschiebung. Der Liebhaber ist gegangen. Er wird das neue Schmuckstück nie zu Gesicht bekommen. Der Mann, ja, was macht der eigentlich, der kommt wahrscheinlich nie wieder zurück und sie, sie ist trotzdem die Coolste von allen.
Sie will so viele Sachen sagen und unterbricht sich dabei ständig selbst.
Weil sie nicht mehr weiterweiß, bucht sie einen Zug.
War es das wirklich wert?
Wenigstens hat sie keine Blasenentzündung bekommen.
Keinen Vaginalpilz. Keine Geschlechtskrankheit.
Kein Kind.
Puh, Glück gehabt.

Sie erinnert sich an die Theorie, dass es erfolgreiche Frauen schwerer auf dem Liebes- und Heiratsmarkt haben. Sie seien zu anspruchsvoll, meinen die einen, die Männer zu fragil, sagen die anderen. Die Auswahl sowieso zu gering. Je älter diese Frauen werden, umso schlimmer die Ausgangslage.

Dann hilft nur noch down dating. Sie will nicht daran glauben, dass es so ist. Schon wieder so eine hohle Phrase. Die Vorstellung, der Mann leide unter dem Erfolg seiner Frau. Ein Stereotyp, das kaum ausgehalten werden kann. Zur Beruhigung schreibt sie dem langjährigen Crush, ob er sie nicht besuchen möchte. Einen Tag später steigt er in den Zug. Geht doch. Es ist ganz einfach. So unverbindlich. So mühelos. Da könnte man beinah neidisch werden. Egal wie hoffnungslos es scheint, sie hat immer noch eine*n am Finger. Aber es geht ja nicht um Quantität. Aber um eine neue Perspektive. Sommer 2021, summer of love, äh, fuck.

Die Schriftstellerin verschickt eines Nachmittags eine Textnachricht an ihren Exliebhaber, um ein Ende zu markieren und bemerkt dabei, dass der getippte Satz einen schönen Textanfang hergeben würde (vgl. »In jedem Ende steckt ein Anfang«, wahlweise andersherum).

»Ich sitze im Zug München – Rimini«, schreibt sie ihm, ohne eine Antwort zu erwarten, denn im Antworten war er ohnehin schon immer langsam, auch dann, als er sich noch um sie bemühte. Dabei wäre das gar nicht schlimm, würde er sich dabei nicht selbst so unter Druck setzen. Schlechtes Gewissen, missverstandene Schuldgefühle, schlechte Effizienzbilanz. Warum schreibt sie ihm, obwohl sie ihn gar nicht mehr gesehen, kaum gesprochen und immer weniger vermisst hat? Sie will, dass er sie nicht vergisst. Sie will wissen, ob die Einundzwanzigjährige tatsächlich unkomplizierter ist. Sie will wissen, warum der Jungspund eine Unkomplizierte will. Sie will wissen, was das schon wieder für eine entsetzliche Idee und eine noch fatalere Formulierung ist. Sie will irgendwas. Eine hilflose und sinnlose Aktion. Vielleicht kommt er ja wieder. Pardon, vielleicht kommt sie ja wieder zurück. Sie würde ihn am liebsten anrufen und dann behaupten, sie habe sich verwählt. Vielleicht um ein bisschen Chaos zu stiften. Die Schriftstellerin ist übermütig. Aber sie fährt ja auch in den Urlaub.

Der als Nachricht verschickte Satz markierte für sie einen doppelten Anfang. Der Beginn eines Ausflugs, eines unbestimmte Zeit andauernden Auslandsaufenthalts (vgl. »Reisen bildet«, »Wenn eine*r eine Reise tut, so kann er*sie was berichten«) und der damit einhergehenden, bitter ersehnten Emanzipation der gescheiterten Beziehung (vgl. »Reisende soll man nicht aufhalten«, die sind nämlich schon längst fort, »Aus den Augen, aus dem Sinn«). Also das Ende des Elends (vgl. »Scheiden tut weh«).

Die Schriftstellerin sitzt im Zug gen Italien und träumt von einem Neubeginn. Trennungen, so spürt die Schriftstellerin, sind ein langanhaltender Prozess, nicht an einem Tag erledigt. Sie müssen ständig neu beschlossen, ständig neu begründet, neu versiegelt und bestätigt werden. Ihre Art, sich zu trennen, besteht aus Aktionen, für die sie weder Kosten noch Mühe scheut. Kosten- und Nutzenrechnung. Eine positive Bilanz. Dabei hat sie doch ständig Angst vor Geld. Weniger vor dessen Besitz als dessen Abwesenheit. Aber auch da kann sie sich beruhigen. Egal wie desaströs die Angelegenheit am Ende ausgegangen sein wird, sie kann die Story immer noch aufschreiben. Sie kann sie veröffentlichen. Sie kapitalisieren. Glück gehabt.

Sie sagt: »Es geht mir gut, danke!« und will dies noch so lange tun, bis es keine Lüge mehr ist. Sie trinkt ungeniert und lacht ungeniert und weint ungeniert und schimpft ungeniert, bis ihr der Exlover keinen Stich mehr versetzen kann, ihr die Bekundungen seiner neuen Liebe lediglich ein Schmunzeln abringen. »Die Zeit heilt alle Wunden« ist Quatsch, weiß die Schriftstellerin. Heilungsprozesse müssen aktiv in Gang gebracht werden. Die Schriftstellerin beginnt einen Text mit dem Titel »Ich sitze im Zug München – Rimini«. Es soll eine Liebesgeschichte werden, denn das ist alles, was die Schriftstellerin gerade interessiert und das, was sie dem Herausgeber versprochen hat.

Der Sommer fängt gerade erst an, die Hoffnung ist so groß wie das Leid. Was gibt es Schlimmeres als Liebeskummer? Eben! Die Scham darüber (vgl. »Wer den Schaden hat, braucht für den Spott nicht zu sorgen«). Wo bleibt eigentlich der Ehemann in dieser Geschichte? Hat die Frau denn keine Gegenwart? Die hängt ja völlig in der Vergangenheit fest. Oder fantasiert sich eine rosige Zukunft herbei. Aber was ist denn im Hier und Jetzt. Wo ist denn ihre Beziehung? Die Therapeutin fragt, ob sie diese Situation an etwas erinnere. Die Schriftstellerin fragt sich, wann sie wieder etwas zum ersten Mal erleben wird. Sie fühlt sich nicht mehr nur einem Schlager entsprungen, sondern in der Reproduktion einer Kopie gefangen. Der Ehemann geht wieder an sein Telefon, er tröstet sie verständnisvoll. Wenigstens das.

Alle geben sich wirklich Mühe. Die Sonne scheint, die Getränke schmecken, die Erdbeeren sind dunkelrot und die Blumen blühen so grell, dass alles ganz künstlich wirkt.
Sie tut, was sie kann. Die Schriftstellerin, die nur über die eigenen Erlebnisse und komplizierten Verhältnisse zu schreiben vermag. Die Schriftstellerin, die sich plötzlich darüber ärgert, das Stereotyp ihrer selbst zu sein. Die Schriftstellerin, die verunsichert ist. Die Schriftstellerin, die sich wirklich bemüht. Die Schriftstellerin, die optimistisch und selbstsicher in den Zug gestiegen ist, EC85, Wagen 5, Platz 21 (Fenster), Abfahrt 9:34, an einem Donnerstag im Juni, ist allein. Die Schriftstellerin, die in Anbetracht der sich auftürmenden Berge eine letzte Nachricht an ihren Exliebhaber schreibt, denn die Natur ist gewaltig und die Stimmung pathetisch und die Schriftstellerin, die es mag, andere vor die Köpfe zu stoßen, verstummt und so bleibt es jetzt auch. Jetzt sind sie endlich fort, die Wörter. Dabei weint sie gar nicht mehr. Dabei fehlt ihr doch in Wahrheit gar nichts.

Das hier ist ein Text über die Liebe – weil die Liebe das Schönste auf der Welt, äh, das schönste Klischee ist, worüber Schriftstellerinnen schreiben können (wird uns nicht noch immer emotionale Gefühlsduselei vorgeworfen, zu wenig Entfremdung von unserer natürlich weiblichen, irrationalen, sensiblen Art, dieser Mangel im Handwerk, über sich selbst hinweg und darüber hinaus schreiben zu können?). Ein Text über die Konfusionsgefahr. Wenn Glaubhaftigkeit, Transparenz, Echtheit nicht als Option, sondern als Prinzip des weiblichen Schreibens gewertet werden. Ein Text über die schmerzhafte Struktur namens Paarbeziehung. Über das Scheitern. Die Vorahnung. Wieso steigt der Ehemann nicht in einen Zug? Ein Text über Enttäuschungen. Gänzlich ungeeignet als leckerer Snack zwischendurch. Schwere Kost. Die sich suhlende Schriftstellerin. *What I want you've got and it might be hard to handle.*

Wenigstens sind jetzt die Tage lang, die Nächte kurz. Und braucht sie wirklich zwei Männer? Einer besser als keiner? Die Oma hat immer gesagt, so etwas Dummes wie eine Eheschließung würde sie nie vollziehen. Schriftstellerin, hat sie dann gerufen, bleib allein! Sie ist ihre einzige Hoffnung. Dass so eine Reise aber auch ständig so überwältigend sein muss. Wenn sie so weitermacht, hat sie bald nicht nur ihre Sprache, sondern auch noch ihren Verstand verloren.

Sie schreibt eine Notiz. Wiederkehrendes Motiv: Männer, die sich entschuldigen.
Darüber sollte man einen Film machen.

Die Schriftstellerin im Zug fällt in eine Lethargie. Ich falle mit ihr.
Warum fällt es uns so schwer, über den romantischen Schmerz, über Verletzungen und Ängste zu schreiben und es gleichzeitig ernst zu meinen? Wir wollen uns distanzie-

ren. Mehr sein als das Klischee. Doch warum? Bei einer Preisverleihung vor zwei Jahren nannte mir eine Jurorin den Grund dafür, warum ich für meinen eingereichten Text kein Stipendium bekommen hatte: Ich sei zu grob. Pardon, mein Feminismus sei es.
Was wir jetzt bräuchten, betonte sie, ist eine heroische Frauenfigur. Eine, die sich aus dem Leid befreit und stolz und erhaben aus der Niederlage rausgeht. Eine, an der sich orientiert werden kann, wenn es einem selbst einmal so geschieht. Eine, die sich nicht grämt und weidet, die weder weint noch leidet, eine die nicht tobt oder wütet, nein, eine ... Moment. Komplette Entgrenzung.

Wie kommen wir jetzt aus der Sache wieder raus? Na, mit der Sprache, die die Schriftstellerin ja wohl beherrscht (vgl. »Ein Mann ein Wort, eine Frau ein Wörterbuch«). Ich möchte sagen, dass wir gegen die eigene Bewertung anschreiben müssen. Aber noch viel wichtiger gegen die eigene Angst, die eigene Scham, die auferlegten Grenzen. Bewertet werden wir sowieso. Wie sagte vor Kurzem Dana von Suffrin so treffend zu mir: Nicht ernstgenommen zu werden, hat auch Vorteile – die wissen gar nicht, wie ihnen geschieht, wenn wir sie zerlegen. Die Liebesschmonzette braucht ein Update. Romanzen im Spätkapitalismus. Entgegen der heteronormativen Vorlage, entgegen der Erzählungen, der starken Frauen, die alles haben können. Wieso sind in Liebesromanen fast alle so reich? Warum spielen sie so oft in Milieus, die so fern von unseren Realitäten sind? Vielleicht weil es sich dabei um Märchen handelt. Um Fantasien (vgl. »Was man erheiratet, muss man sich nicht erarbeiten«). Weil es geil ist, wenn sich wenigstens im Text niemand Gedanken um die Miete, um das Essen, um die Geschenke zur Liebesbekundung machen muss. Hier, kriegst ein Swarovski-Abo. Das Zeug funkelt so schön (wie du). Wo ist meine Fendi, Telfar, Gucci, Prada, Balenciaga?

Die Schriftstellerin weint im Zug und die Leute schauen genervt. Niemand reicht ein Taschentuch. Dann sitzt da eine andere. Ein Augenblick der Verständigung. Draußen vor den Fenstern ein alpines Naturspektakel. Wie kann etwas so schroff und schön zugleich sein. Die Schriftstellerin unterhält sich mit der fremden Frau, die gerade verlassen wurde. Der Mann, der innerhalb kürzester Zeit bei ihr eingezogen und ihr das Blaue vom Himmel versprochen hatte, machte ihr nach zwei Monaten einen Heiratsantrag. So einen richtigen, richtig kitschig. Die fremde Frau hat Ja gesagt. Es war ihr suspekt, aber die Story war so überzeugend, so gut. Das ärgert sie am meisten. Die Vorstellung, der Traum waren so groß, so verführerisch. Die Sehnsucht. Der Mann verließ sie kurze Zeit später. Er probiert es doch noch mal mit der Exfreundin. Die fremde Frau weint jetzt auch. Das war wie ein Überfall. Die fremde Frau will die stürmische, heiße, große, alles verschluckende Liebe. Die Schriftstellerin rät ihr, einen Ehevertrag abzuschließen. Vor allem mit den Stürmischen. Die fremde Frau sagt, sie werde sich nie wieder verlieben. Schade. Was macht die denn dann die ganze Zeit?

Wie lieben wir?
Wie lieben wir wirklich?
Ich will eine Liebeserklärung. Gib mir ein Zugeständnis. Ich brauch das.
Alle haben sowieso immer Angst. Kann man sich ruhig entspannen. Ich kann auch mit deiner Angst umgehen. Besser als mit dieser Hitze. Immer einen Fächer, immer einen Bikini in der Tasche. Die fremde Frau stöhnt. Schweißtropfen. Ohne Fleiß kein Preis. Gib mir ein bisschen Sicherheit. Ich muss wissen, dass das hier schön ist. Dass das zwischen uns richtig ist. Dann halte ich richtig viel aus. Warum halten wir immer so viel aus? Leidensfähigkeit. Du hast einmal zu mir gesagt, wer einen Liebesroman schreiben will, muss beson-

ders liebesfähig sein. Ich antwortete: oder davon besonders abgestoßen. Die Verlegerin ruft an. Kommt jetzt endlich mal das Treatment zum Buch? Klar wollen wir das lesen. Okay. Versprochen. Vielleicht ja dann im Herbst.
Der Ehemann wünscht der Schriftstellerin eine schöne Reise.
She did almost have it all.

A marriage licence should expire every 4 years so you can decide if you even wanna renew that mf

@memesladies

HERBST 2021

Dieses Mal hat sie nichts angekündigt.
Nicht mal das Mindeste.
Und trotzdem steht hier was, was daher nicht nichts ist.
Irgendwas muss sie ja schreiben. Das ist schließlich ihr Job. Buchstaben aneinander, Wörter in den Satz, Gedanken. Nur, die denkt gar nicht mehr. Die wurde hohl, taub, abwesend. Schöner Schlamassel.
Blöd, denn sie hat den Text schon verkauft. Freilich ehe sie wusste, dass es anstrengend werden würde. Eine Essayreihe, immer passend zur Jahreszeit. Was für ein guter Pitch. Da war die Schriftstellerin ganz stolz auf ihre Idee. Fortsetzungsgeschichte. Dabei geht es in jedem Text ums Schreiben (Selbstreferenz) und um mindestens einen universelleren Aspekt (Mehrwert). Statt Text- gibt's jetzt aber Beziehungsarbeit. Die Wohnung schaut auch entsetzlich aus. Steuer muss gemacht werden und dann immer dieses Auf-die-Deadline-hinarbeiten. Setz dich doch mal früher hin. Geht ja nicht. Sie ist geil auf ihre Resilienz. Und noch eine und noch eine und noch eine Aufgabe. *I'm still standing.* Jetzt leider ungünstig. In so einem Modell darf nichts schiefgehen. Das Leben ist jetzt aber in eine ordentliche Schieflage geraten. Boden unter den Füßen, Luft zum Atmen. Alles weg. Chaos. Aber alles im Grunde besser als das Nichts, das jetzt von ihrer Für-immer-und-ewig-Ehe übrig geblieben ist. Schriftstellerin, hat er gesagt, du brauchst mich nicht mehr. Außerdem arbeitest du zu viel. Dann blieb er noch ein paar Tage und ein paar Nächte. Das hat er gut gemacht. War eine verhältnismäßig angenehme Trennung. Sehr fürsorglich, aber so waren sie zusammen, immer alles füreinander. Es gab ja nicht mal eine Krise. Überraschung! Jetzt ist nichts mehr von ihm übrig. Als hätte er hier nie gelebt, als hätten sie sich nichts geteilt. Außer das Internet, das geht wohl noch von seinem Konto ab. Aber das kann auch später geregelt werden. Infra-

struktur, bürokratischer Aufwand, Wohnungsauflösung. Welcher Behörde muss Bescheid gegeben werden? Wo ruft man zuerst an? Die Eltern werden bestimmt mächtig enttäuscht sein. Sie wird so enttäuscht sein. Die Frau, die gerade eben noch dachte, sie hätte den Jackpot in Sachen Leben geknackt, sitzt in einem Restaurant und weint. Wie die Figuren in ihren Texten. Die Kellnerin lässt sich davon nicht beeindrucken, das kommt hier öfter vor. Der beste Freund schenkt eifrig Rotwein nach. Die Leute am Nebentisch sind peinlich berührt. Die Schriftstellerin geniert sich nicht. Das Dessert wird geteilt. Vielleicht stürmt es. Die Schriftstellerin kriegt gar nichts mit. Dabei kriegt sie gerade alles so schön serviert (vgl. »Ein Unglück kommt selten allein«). Pardon, dabei wurde sie gerade so schön abserviert. So hat sie sich das nicht vorgestellt. So hat sie sich selbst anfangs nicht vorgestellt. So etwas passiert eigentlich den anderen. Sie schluchzt. Was ist sie denn fortan ohne diesen Mann (vgl. »Die Frau ist eines Mannes Visitenkarte«)?

Nichts
ist in der Alltagssprache zwar ein universelles und abstraktes Konzept, eins mit unterschiedlichen Bedeutungsaspekten und einhergehenden Irritationsmomenten (Was ist? Nichts), aber auch eine Form des Seins – oder dessen Abwesenheit. Wesenlos, wertlos, nicht greifbar, irrelevant oder eben: die Markierung einer Leerstelle. Aber nicht die sexy Variante davon. Nein, die unerfreuliche. Die störende.

Eine alleinstehende Frau. Da fehlt doch was. Die ist unvollständig. Nicht ganz. Kein you complete me, kein Deckel aufm Topf, keine bessere Hälfte, no significant other. Jetzt kommt Drama. O nein, denken da manche, jetzt bitte nicht auch noch textlich heulen. Bitte keine trostlose, nörgelnde Tussi, das wäre nicht gerade die Kirsche auf der Sahnehaube der möglichen Textbeiträge. Reicht es nicht, dass die Blätter fallen, so wie die Temperaturen, so wie die Gesichtszüge.

Dass die Hoffnungen schwinden wie das Tageslicht, wie die Angebote in der heimischen Obstabteilung.
Du Früchtchen, was willst du eigentlich?
Das hätte sie mal fragen sollen. Hat sie natürlich nicht. Sie kann das immer so gut. Dieses Pragmatische, dieses Zusammengerissene, dieses Nüchterne. Sie stellt gute Fragen, um an den Kern zu kommen. Das findet auch die Therapeutin. Er sagt, das mag er am wenigsten an ihr, diese distanzierte, analytische Art. Ihre, wie er es nennt, Härte. Pardon, mochte. Damit muss sie sich ja, äh, er nun nicht mehr befassen. Schon wieder einer. Na, sowas. Der Zweite dieses Jahr. Also der zweite mit der gleichen Begründung. Die Frau hat aber auch ein Pech. Oder zu viel Erfolg. Ist das ein Klischee? Einer sagte: Neben dir hält man es nicht aus, wenn man instabil ist. Dabei ist sie so gut im Sicherheiten vorschießen. Der andere hat gesagt: Ich halte dich nur auf. Dabei lässt sie sich so gerne ablenken. Wie man's macht, man macht es falsch. Das wusste ihre Mutter schon. Das wissen alle Frauen in diesem System.

Es ist vorbei.
An den genauen Satz kann sie sich nicht erinnern, das ärgert sie. Weder an seinen Tonfall, an ihre Reaktion (wahrscheinlich schossen ihr sofort die Tränen in die Augen wie auf Knopfdruck, Kommando, Bestellung) noch an ein konkretes Gefühl. Egal wie sehr sie sich anstrengen will, die Momente des Erschreckens wurden im Erleben bereits vergessen (vgl. »Lieber ein Ende mit Schrecken als ein Schrecken ohne Ende«). Nichts davon ist geblieben. Nur die Tatsache, die geschaffen wurde. Am nächsten Morgen wusste sie nicht mehr, was der Mann anhatte, wie er schaute, ob er gestikulierte oder wie er roch. Und jetzt weiß sie nur, dass es ein Freitag gewesen sein muss. Sie könnte zwar im Kalender nachsehen, sich herleiten, an welchem Datum sie ihr Mann verlassen hat, aber was würde das bringen? Es war ein Freitagabend und die Nachbarin veranstaltete eine Party. Manchmal drang das

Lachen durch die Wände. Es war wie in einem mittelmäßigen Film. Ihr Hirn spielte dabei die Best-of-Szenen ihrer Ehe ab, er lag hinter ihr und hielt sie im Arm. Das war das Grande Finale. Die letzte zärtliche Berührung. Ein sie immer tiefer ziehendes, verschluckendes schwarzes Loch. Schwups, da war sie fort.

Wenigstens geschah es Anfang Oktober, da kommen noch die seltenen, aber warmen Tage und der furchteinflößende Winter ist noch so weit entfernt, dass man sich auf ihn einstellen kann. Und es riecht angenehm modrig. Er mag es ja gerne kalt. Bei dieser Feststellung war eigentlich schon klar, dass sie nicht zusammenkommen brauchen. Naja, sie haben es halt versucht. Vielleicht klappt es heuer endlich mit der Südseereise über die Feiertage. Er sagt ja von sich, er würde das Konzept Urlaub nicht verstehen. Noch ein Minus. War ihr immer egal. Jetzt nicht mehr. Jetzt gilt es, sich an die negativen Eigenschaften zu klammern. Sie braucht Urlaub. Sie betrachtet ihr Leben und weiß gar nicht, wovon sie am meisten eine Auszeit braucht. Sie betrachtet sich und weiß nicht, an was es ihr mangelt, bekommt aber viele Tipps. Bei Trennungen wird Hilfe angeboten. Die meisten gehen davon aus, das, was ihr fehlt, sei er. Die Therapeutin sagt, Wut sei gut. Die Schriftstellerin ist aber gar nicht wütend. Die ist nicht mal so arg traurig. Die Therapeutin feuert sie an. Gefühle zulassen. Aber die Schriftstellerin spürt erst mal nichts. Die muss sich erst mal hinlegen. Selbst ist die Frau. Also, die freiberufliche. Kann schlafen, wann sie mag.
Das ist wahrscheinlich der Schock. Du findest schon noch jemanden, liebe Schriftstellerin, wie gut, dass du auf alle Geschlechter stehst. Sei dankbar, dass du jahrelang so eine schöne Partnerschaft geführt hast. Vielleicht kommt ihr ja wieder zusammen. Ihr wart schließlich mein Lieblingspaar. Hat er das nicht sogar selbst gesagt? Na eben. Wie oft habt ihr euch davor schon verlassen? Dreimal? Ach. Das ist jetzt eine weitere Runde. Wie, du willst nicht? Schreibfrau! Jetzt warte

erstmal ab. So schnell entscheidet sich das nicht. Nichts, was so groß war, wird so schnell beendet. Du brauchst einen rebound. Oder mehrere. Such dir gleich mal jemanden, der dir sonst egal ist, nur fürs Körperliche. Nein, lass dich auf nichts ein. O weh, wie lang wart ihr zusammen? Die Hälfte der Jahre wird das jetzt dauern. Ist einfach so. Ich habe die Regeln nicht gemacht. Jetzt finde erstmal raus, was du willst. Ja, sag doch mal, was willst du? Ja, was wollen Sie eigentlich?
Der Therapeutin sagt die Schriftstellerin, dass sie ganz alleine in einem Haus leben will mit einem großen Garten (vgl. »Trautes Heim, Glück allein«). Oder ein Jahr in einem luxuriösen Spa-Hotel, um entspannt am Liebesroman zu arbeiten. Außerdem möchte sie nicht herausfinden, wie andere Leute gerne frühstücken, was bedeutet, dass Sexualpartner*innen nicht mehr übernachten dürfen. Die Therapeutin nickt. Die Schriftstellerin findet es befreiend, Grenzen zu setzen. Den Freund*innen sagt sie, dass sie nicht wissen will, was der Exmann so tut. Dann fragt die Therapeutin, ob das, was sie gerade tut, ihr bei ihrem Vorhaben helfen wird. So ganz allgemein. Was für eine blöde Frage, findet die Schriftstellerin, als könnte sie sich ein Haus oder ein Jahr Hotelurlaub leisten. Das sagt sie aber nicht. Nein, sie überlegt. Was tut sie hier eigentlich? Sie muss irgendwas schreiben. Blockade. Vielleicht folgt ja jetzt ein Bestseller. Hat sie überhaupt noch was zu sagen? Sie sagt: Vielleicht. Wirtschaft, Steuerschulden und die BAföG-Rückzahlung.
Schade. Es wäre schön gewesen.
Aber das hier ist nicht das echte Leben, das ist Literatur. In dieser Geschichte kann sie es. Wenn ich will, steigt die Schriftstellerin morgen ins Flugzeug. Ich muss es nur aufschreiben. Palmen, Pool, Massage. Vorschuss, Erfolg und eine leichte Brise. Dann ist sie zwar noch immer allein, aber lebt zumindest mit guter Aussicht. Leckerer Cocktail, schöner Badeanzug, maximaler Komfort auf hochwertigen Liegen, vielleicht sogar tropische Urwaldgeräusche und ein Schnorchelausflug.

Die Freund*innen fragen, ob die Schriftstellerin es in Ordnung findet, wenn sie noch Kontakt zum Exmann haben. Was für eine blöde Frage, findet die Schriftstellerin, als würde sie jemanden den Kontakt verbieten, der ist doch bestimmt auch traurig und süchtig nach der Aufmerksamkeit. Aber sie würde gerne seine Existenz verbieten, ja, sie würde ihn gerne aus ihrem Leben verbannen, so ganz rigoros. Und würde er vor ihrer Tür stehen, sie würde aufmachen und ihn nicht wieder gehen lassen. Alles nicht so schlimm, würde sie sagen, passiert den Besten, Schwamm drüber. Hab ich dir eh nicht geglaubt, haha. Bis dass der Tod uns. Sie könnte und würde das aushalten. Ob an Mangel aus Alternativen oder Furcht vor Veränderung, ist unklar. Hilflose Schriftstellerin, zwischen Zuversicht und Ohnmacht. Sie kann es selbst nicht glauben, legt sich ins Bett und schläft wie bewusstlos. Alles, was ihr bleibt, ist das vertraute Gefühl der eigenen Wohnung. Endlich pennt die mal. Aber so wird das nichts mit der Kohle. Dilemma!

Sie will ihn nie wieder und wird dabei genauer angesehen. Erst erklärt ihr einer, dann mehrere, es wirke für sie unattraktiv, dass sie schon mal verheiratet war. Es faktisch gesehen sogar noch ist. Bald steht da »geschieden« im Ausweis. Oder? Wo wird das eigentlich überall vermerkt? Hat er sowas, nun selbst frisch auf den Markt geworfen, auch schon gehört? Sind geschiedene Frauen gemeinhin unattraktiver als geschiedene Männer? Die einen haben schon intensive Erfahrungen gemacht, die anderen wurden aussortiert.
Eine alleinstehende Frau befindet sich in keiner Beziehung, zumindest in keiner romantischen. In keiner festen. Ist nicht vergeben. Hat sich nicht binden können. Hat keine*n richtige*n Partner*in gefunden. Ist Single, führt einen Singlehaushalt, isst Singleportionen, verwaltet und bestimmt für sich allein. Huch! Da ist guter Rat teuer, wie jetzt mit so einer umzugehen ist, aber bitte schnell, wenn's geht. Denn die Uhr tickt übrigens, also die biologische. Also die ihrige. Eine

alleinstehende Frau im gebärfähigen Alter ist für manche eine regelrechte Ressourcenverschwendung. Ein Grund zur Verunsicherung oder Empörung, die reinste Provokation. Eine alleinstehende Frau kann auch gefährlich wirken. Denn warum ist die denn nicht mit jemandem, was hat die denn gegen die anderen? Oder besonders hilflos. Das heißt, sie ist eine, die sich über mitleidige Aufmerksamkeit freuen wird, da sie offensichtlich sonst niemand will. Leicht rumzukriegen. Eine, die gerettet werden muss, wenn ihr Beziehungsstatus (fälschlicherweise) mit Einsamkeit, mit unerfüllten Sehnsüchten und einem automatisch damit einhergehenden, hohen Leidensdruck gleichgesetzt wird. Die vielen Filme, in denen Frauen ihren Lebensmittelpunkt danach ausrichten, den Richtigen zu finden. Die vielen Serien noch dazu. Die vielen Romane. Die unendlich vielen Artikel. Die vielen Ratschläge. Dieses unendlich große Leid. Aber ist es wirklich so schlimm? Sie denkt an diese Studie, die besagt, dass Frauen am glücklichsten ohne Beziehung und eigene Kinder seien.

O nein, jetzt bitte nicht aufbrausend werden. Wir haben es verstanden, rufen die Tanten der Schriftstellerin, es geht dir gut. Aber schade ist es schon, das mit der Trennung. War ja klar. Jetzt ist der Ehemann auch weg. Das war vielleicht zu viel, mit den Liebhaber*innen, meinst du nicht? Über dreißig ist sie auch schon. Ob sie noch einen findet? Am besten wir gucken alle gemeinsam. Andere Mütter haben schließlich auch. Vielleicht wäre ein Haustier gut (vgl. »Ein treuer Hund, ein braves Pferd, sind mehr als tausend Männer wert«). Wo fangen wir jetzt an?
Vielleicht am Anfang – denn dort beginnen schließlich die Geschichten (vgl. »Am Anfang war das Wort«) und die Beziehungen. Wann ging's los zwischen uns? Ich denke damals vor zwölf, dreizehn Jahren, als wir einander vorgestellt wurden. Oder letztes Jahr, als wir miteinander schliefen und uns dann erst kennenlernten. Oder war es heute Morgen, als du

mich zu mehr Großzügigkeit ermahnt hast, weil mein Leben eigentlich schön ist? Vielleicht war es auch vor ein paar Wochen, als du in der Bar die Hand auf mein Knie gelegt und mich mit nach Hause genommen hast, obwohl dich der halbe Laden vögeln wollte, als draußen vor der Tür dieses schöne Foto von unserem ersten Kuss entstand. Vielleicht war es aber auch diese eine Nachricht, in der du geschrieben hast, dass du eine Freundin hast und sie auch wisse, wie gern du mich (halb unbekannterweise) magst. Oder als du mir beinah im Nebensatz gesagt hast, dass du sie verlassen hast. Vielleicht der Anruf Freitagnacht, das Telefonat, das dann so nett wurde, dein Besuch in meinem Hotelzimmer am Samstagnachmittag, die Email, die du mir letzte Woche schicktest, in der du mit mir Schluss gemacht hast. Oder das Treffen gestern Abend, bei dem du endlich offen und ehrlich zugeben konntest, wie sehr du mich willst, aber nicht kannst (timing). Die Party, bei der du das Schlussmachen zurückgenommen hast. Die zufällige Begegnung, das unerwartete Wiedersehen. Unsere Anfänge sind schön. Man könnte süchtig nach ihnen werden. Beziehungen immer wieder beenden, um unentwegt neue zu beginnen.

Es sind die Highlights, die jene Anfänge markieren, auf die die schon oft erzählten Geschichten folgen. Die kleinen abgeschlossenen Einheiten, die uns durchs Leben tragen. Was geschieht, wenn diese Geschichten abhandenkommen? Leicht zu konsumierende Portionen. Ständig ein neues Häppchen. Das Liebesleben der Schriftstellerin? Ein exorbitantes Buffet. Schön drapiert, gut hergerichtet. Anekdoten- und facettenreich. Hat sie eigentlich ihre Wörter wiedergefunden? Wie soll sie sonst ausschmücken, übertreiben und unterhalten? Das Buffet ist hübsch verziert. Schmetterlinge und andere Tiere wurden aus Gemüse geschnitten. Schwäne aus Äpfeln. Schwäne aus Stoffservietten. Sie hat sich wirklich Mühe gegeben. Die gute Tischdecke ausgelegt. Rosa Kerzen in Bleikristallständer. Dafür hat sie sich Respekt verdient. Dieses Buch ist diese Anrichte. Sie ist bereit, alles darzubieten, zu präsentieren. Dabei ist das doch eigentlich eine traurige Geschichte. Dieses eine weniger köstliche Gericht. Oder das, was heute einfach nicht schmeckt, entgegen der eigenen Gewohnheit. Vielleicht ist diese Geschichte nicht so traurig, wie vordergründig angenommen. Damit etwas Neues beginnen kann, muss erst etwas sein Ende finden. Vielleicht sollte sie gleich mal zum Friseur gehen. Auch äußerlich für eine Veränderung sorgen. Sie träumt ohnehin ständig von Haarpflegeprodukten. Die Therapeutin findet das sehr interessant. Leider hat die Schriftstellerin vergessen, warum.

Beziehungen, in welcher Form auch immer, beginnen ständig aufs Neue.
Trennungen auch.
Blöd. Schön schwammig, ganz und gar unsicher. Und das obwohl wir uns nach klaren Strukturen, Verfassungen, Zuständen wie auch nach einem klaren Beziehungsstatus sehnen (es ist kompliziert). Ständig Krise. Nichts bleibt, wie es ist, ständig muss alles aktualisiert, neu betrachtet, bewertet und sich selbst neu positioniert werden. Alles ist im Fluss. Jetzt bloß nicht aus der Puste kommen. Immer schön flexibel bleiben. Wer kann sich schon wirklich an den Anfang erinnern? Das erscheint mir unmöglich, weil es unmöglich nur einen Anfang geben kann. Daher suchen wir uns einen aus und erzählen diesen so lange, bis es einen geeigneteren, adäquateren gibt, der zur Aktualisierung der Verhältnisse passt (vgl. »Liebe auf den ersten Blick«, »Der Anfang vom Ende«). Wer erinnert sich ans Ende? Am Ende haben wir gelacht und geweint.
Wir erzählen uns Geschichten, um.
Sie schreibt die Geschichten für.
Ein Professor hat ihr geraten, Kunst zu schaffen, die mehr Menschen als ihre Mutter interessiert. Die Schriftstellerin weiß nicht, ob ihre Mutter überhaupt ihre Romane liest.

Vielleicht lieber nicht. Ist für alle besser. Also für sie und die Mutter. Erfährt ihre Arbeit einen höheren Stellenwert, wenn sich nicht einmal die Mutter dafür interessiert? Hat der Exmann nicht Monate vorher gesagt, dass er sie verlassen wollte, es aber dann doch nicht gemacht? Als Beweis für die unerschütterliche Liebe. Was soll man da machen. Sie spürte selten eine so vernichtende Unsicherheit, wie in den darauffolgenden Wochen. Ein Satz, von dem sich die Schriftstellerin nicht wieder erholen konnte. Es hat nichts genützt, ihr danach klarzumachen, dass sie doch die Frau seines Lebens sei. Es hat nichts gebracht, weil er sie im Endeffekt ja doch verlassen hat. Schon wieder kein Happy End. Sei es drum, die ist ja noch jung. Ansichtssache.

Die Vorstellung, dass es ein Ziel gibt. Die illusorische Kraft. Was könnte das Happy End sein? Der Sonnenuntergang am Strand. Das Betrachten des anderen Körpers, voll Fürsorge und Zuneigung im gemeinsamen Bett. Die bekannten, gemerkten, lieb gewonnenen Gesten, Ausdrücke und Mimiken der anderen Person, über die man sich freut, bis sie nerven. Das nicht mehr schier permanente, dauerhafte Denken an die andere Person. Das Beziehungsgespräch. Die Definition der gemeinsamen Grenzen und Rahmenbedingungen. Die Einigung. Das Einlassen aufeinander. Die öffentlichen Bekundungen der gemeinsamen Geschichte. Die schwülstige, hochgradig emotionalisierende Musik, der Kuss, der Abspann. Es wird kein Ende geben, solange wir am Leben sind. Das Verlangen danach, in Sicherheit gebracht zu werden, sich selbst in Sicherheit zu bringen. Sicherheitskonzepte. Wie sicher ist man wirklich? Die meisten Übergriffe passieren statistisch innerhalb enger Beziehungsgeflechte, im Privatraum. Dabei klingt das doch so ideal, schaut so schön aus. Die Räume, in denen wir leben, mit anderen teilen. Mit manchen intensiver. Vielleicht länger. Vielleicht für immer. Vielleicht zu kurz. Willst du mit mir gehen? Ja, nein, vielleicht. Vielleicht geht es der Schriftstellerin am besten allein zuhause.

Wir fragen andere nach dem Kennenlernen, nach dem ersten Kuss, dem ersten Mal, nach den Momenten, in denen *es* klar war (vgl. »Jedem Anfang wohnt ein Zauber inne«). Sich für andere freuen können, ist eine erstrebenswerte Eigenschaft. Selten fragen wir allerdings mit dem gleichen Interesse nach dem (Anfang des) Alleinsein(s). Ohne Bedauern, ohne Wertung. Ohne »Wird schon wieder« und ohne (belastenden) Zuspruch (vgl. »Aller Anfang ist schwer«). Aktive Entscheidung statt ungewollter Umstand. Bitte was, donnert da die von Reproduktionswünschen durchdrungene Verwandtschaft, Freund*innenschaft und spendet Trost, Zuversicht und Beihilfe. Und die Uhr tickt. Keine Sorge, das wird nicht vergessen. Nein, wie auch. Mein Instagram-Algorithmus zeigt regelmäßig Optionen zum Eiereinfrieren, Fruchtbarkeitsmessungen, Schwangerschaftserleichterungen und Schönheitsoperationen. Daten, vögeln, gebären, Happy End.

Die Schriftstellerin investiert ihr Geld lieber in eine Designer-Handtasche als in Kinderspielzeug und findet das gut. Die Schriftstellerin hat Abstiegsangst. Die Schriftstellerin weiß nicht, wie sie die Wohnung finanzieren soll. Der Ehemann bietet an, sie noch ein paar Monate zu unterstützen. Die Schriftstellerin findet das unangenehm. Die Schriftstellerin ist darauf angewiesen. Die Schriftstellerin investiert in neue Möbel. In neue Kleidung. In ein neues Bett, das kein Ehebett mehr ist. Einen neuen Tisch, an dem dieser Mann ihr niemals gegenübersitzen wird. Neue Outfits, die er höchstens im Internet oder auf Pressefotos zu Gesicht bekommen wird. Die Schriftstellerin weiß, all das ist jetzt wichtig. Sie weiß nicht, ob sie von ihm beobachtet werden will. Aber falls er es tut, will sie ihm was bieten. Und allen anderen auch. Die Schriftstellerin kann nicht schreiben. Deswegen lebt sie stumpf vor sich hin. Überleben ist in so einer Situation auch schon harte Arbeit. Die Schriftstellerin liest endlich all die Bücher, die sie ständig kauft. Das sind gute Belege für die

Steuer. Dass dieses Bücherlesen auch Arbeitszeit ist, hat die Schriftstellerin erst neulich begriffen. Dass (kreative) Arbeit nicht immer mit einem konkreten Schaffensprozess verbunden sein muss. Die Schriftstellerin leistet sich eine Pause. Also beinah.

Sie darf sich jetzt nicht gehen lassen. Also nicht öffentlich. Das wäre ungünstig. Wo sie doch frisch auf den Markt geschmissen wurde. Jetzt gilt es, Haltung zu bewahren (vgl. »So wie man aussieht, so wird man gesehen«). Frauen werden bekanntlich unsichtbarer, je älter sie werden. Sie hat noch alle Zügel in der Hand, eine Chance. Gerade in heteronormativen Beziehungsstrukturen orientieren sich Männer gerne altersmäßig nach unten (und dementsprechend ist es für Frauen keine Besonderheit, sich auf ältere Männer einzulassen, aber sehr wohl auf jüngere). Dabei kann es auch um finanzielle, wirtschaftliche und soziale Abhängigkeiten gehen. Anke Stelling schilderte ihr neulich eine Theorie, die aus der Schriftstellerin eine attraktive, ja, begehrenswerte Beute macht. Demnach verlassen Männer in der Midlife-Crisis (laut Wikipedia im Abschnitt von dreißig oder vierzig bis etwa fünfundfünfzig Jahre) ihre Ehefrauen, um sich neue, frische Partnerinnen in ihrem Alter zu suchen, um diese zu schwängern und das Projekt Baby zur Überwindung der eigenen Not zu nutzen. Jetzt bloß nicht aufhören zu bluten! Nicht zuletzt geht es hier um Schönheit(-szwänge), das Versprechen auf Jugend(-lichkeit) und Macht. Grundsätzlich stößt diese Theorie (natürlich) auf Abwehr, da es sich auf individueller Ebene nicht um ein (strukturell begünstigtes) reichlich vorkommendes Muster im Patriarchat handelt, sondern um eine zufällige, neue große Liebe (vgl. »Ein Mann ist stets so jung, wie er sich fühlt, aber keineswegs so bedeutend«). Klar. Eine Ergänzungsthese wäre, sie könnten auch einfach Therapie machen, aber das ist vielleicht zu kompliziert. Oder zu einfach. Je nach Standpunkt. Nun, es ist offensichtlich: Ein jedes Ende birgt einen Beginn. Alles bleibt im

Fluss. Alles hängt miteinander zusammen. Die Schriftstellerin dachte jahrelang, alles sei gut. Vielleicht wird es ja jetzt sogar besser. Nach dem Moment des Abschieds. Wie lang dauert der eigentlich noch? Die Therapeutin sagt, der gehe erst noch los. Seufz!

Springen wir also gleich an den Schluss, der scheint für die ledige Frau von größter Relevanz. Denn irgendwie muss sie in diesen Zustand der Nicht-Beziehung gekommen sein. Was kommt als Nächstes? Scheidung! Bei einer Scheidung wird sich öfter rückversichert, ob das gewollt ist, als bei der Eheschließung. Es wird öfter Ja gesagt. Sind Sie sich wirklich sicher? Das findet sie faszinierend. Ihr werden Nummern von Familienanwält*innen zugeschoben. Abschließen. Trennungen durchziehen. Weitermachen. Altlasten abwerfen. Nach vorne schauen. Da ist sie endlich, ganz und gar in der Gegenwart angekommen.
Die Schriftstellerin ist verwirrt. Die Schriftstellerin schläft mit Menschen. Die Schriftstellerin fängt ständig an zu heulen. Ein gutes Ende wirkt nach dem Zuschlagen des Buches nach, bleibt im Gedächtnis, im Körper. Die Schriftstellerin fordert ein gutes Ende ein und bricht sicherheitshalber den Kontakt ab. Sie fühlt sich erleichtert. Der Konfrontation auch mal aus dem Weg gehen. Aber das hier ist keine Literatur, das ist das echte Leben. Man sieht sich immer zweimal im Leben. Alles hat ein Ende, nur die Wurst hat zwei. Sie hat keine Lust mehr auf Zweideutigkeiten. Alles ist ruiniert. Scherben bringen Glück. Die Karaffe geht zu Bruch. Im Traum. Sie geht barfuß über die Scherben, ohne sich zu schneiden. Das bedeutet eine gute Zukunft, beteuert die Traumdeutungswebseite. Sie nimmt, was sie kriegen kann. Das Telefon klingelt. Es ist der Herausgeber. Absprachen wollen eingehalten werden. Deadline kann nicht geschoben werden. Warum auch. Soll sie doch darüber schreiben, dass sie nicht schreiben kann. Irgendjemand wird darin schon etwas finden, einen gesellschaftlichen Mehrwert vielleicht.

Ist doch immer interessant, anderen beim Verlieren zuzuschauen. Ein Protokoll des Scheiterns beispielsweise. Hat sie es wirklich nicht geahnt? Sie hätte doch spüren müssen, dass er sie verlassen würde. Hat sie es bemerkt? Sie muss es ganz deutlich gemerkt haben, aber hat es einfach nicht aufgeschrieben.

Nein. Sie soll einen Essay über Klassismus schreiben. Das kommt ihr gelegen. Sie hat gerade eine schlechte Beziehung zu Geld. Gleichzeitigkeit! Rentenvorsorge gibt's nicht. Die hat nicht mal ein finanzielles Sicherheitsnetz. Schön blöd. Finanzfalle Frau. Natürlich gibt es keinen Ehevertrag. Diesen Tipp hat ihr damals niemand gegeben. Oder sie hat nicht richtig aufgepasst. Liebe macht blind. Abhängigkeiten. Wie viele sind aus ökonomischen und wirtschaftlichen Gründen in ihren Beziehungen und Ehen gefangen? Sie will es jetzt ganz alleine schaffen. Die Astro-Benachrichtigung sagt: *There's a difference between having shit to do and having shit to prove*. Der Glückskeks sagt: *Du hast schöne Augen.* Ihre reiche Freundin sagt, dass sie investieren solle. Will sie es sich selbst oder dem Exmann beweisen? Was überhaupt? Dass er einen Fehler begangen, sich getäuscht, sein Leben fortan, wenn nicht ruiniert, dann zumindest verschlechtert hat? Sie will so etwas sein, der Grund für Trauer. Für das Gefühl, etwas zu versäumen. Vielleicht mehr noch, der Grund für unbeschreibliches Glück. Aber gerade will sie ihm weh tun. Es gibt gar keine andere Möglichkeit, als aufzugeben. Sich selbst zu ergeben. Schreibblockade. Seine Schuld. Er fragt: Hätte ich warten sollen, bis du einmal weniger zu tun hast? Da wird sie furios. Wut ist gut. Wut als Motor. Die Therapeutin würde sich jetzt freuen. Schreib etwas, Schriftstellerin. Schreib um dein Leben. Also deinen Lebensunterhalt. Hoffen wir, dass es ausreichen wird.
Die Schriftstellerin träumt, dass sie ihre Schneidezähne verliert und sich einen neuen Namen geben muss. Der neue Name gefällt ihr so gut, dass sie ihren alten dringend los-

werden will und wenn es sein muss, noch mehr Zähne. Dafür lässt sie sich einen neuen Ausweis ausstellen. Sie kann ja auch darüber schreiben. Träume, wieso nicht. Solange sie träumt, regt sich schließlich was in ihr. Regung ist gut.

Jetzt muss sie erstmal ihn loswerden, also den Exmann.

Obgleich der Mann gegangen ist, ist er nicht fort. Nein, im Gegenteil: Er sitzt praktisch neben ihr, ach was, auf ihrem Schoß und überwacht jedes Wort – eifrig gewillt, sich selbst oder ein Zeichen im Text zu erkennen. Oder, nein, Pardon, es ist die Schriftstellerin, die sich davor fürchtet, ein Zeichen zu setzen und sich dafür schämt, so etwas überhaupt vermutet zu haben. Kapitalisierung der gescheiterten Ehe, des eigenen Lebens – darf sie das? Völlige Selbstausbeutung oder Selbstermächtigung? Wie ist es, im Werk der Schriftstellerin, aber nicht in ihrer Lebensrealität vorzukommen? Der Schriftstellerin fehlt für dieses Gedankenspiel das nötige Hineinversetzungsvermögen. Das Hirnschmalz. Kann sie nicht oder will sie nicht?

So, ab jetzt ist Sparsamkeit angesagt. Also im finanziellen Sinne. Den Rest muss sie ordentlich ausschlachten. Dabei ist sie doch wertvoll. Die hat doch Kapital. Also Hirn. Also, das ist ihr Kapital. Schöpfungskraft. Es geht wahrscheinlich weniger darum, ob sie was zu sagen hat. Sondern ob sie was sagen kann. Aber jetzt mal halblang. Eheaus bedeutet doch nicht automatisch den finanziellen Ruin. Das war schließlich eine Liebes- und keine Versorgerehe. Der hatte doch selbst kaum Geld. Unabhängigkeit hat jetzt Priorität. Kann sie überhaupt noch unabhängig betrachtet werden? Die ist doch schon verschmolzen mit der Kunst. Die verhält sich doch selbst wie ihre Figuren. Neulich hat ein Crush gesagt, er könne nicht weiter mit ihr intim sein, weil er die Kunstfigur, die, die sie darstellt, so sehr liebe, dass er sie keinesfalls zerstören will. Also für sich. So weit hat sie es also schon geschafft. Steht auf dem Podest. *Shine bright, sweet darling angel.* Status ist Macht. Vermögend sind tendenziell die anderen.

Eine jener Szenen aus meinem letzten Roman, auf die ich am häufigsten angesprochen werde, spielt in einem Spezialitätenrestaurant für Meeresfrüchte. Es ist der 14. Februar, Valentinstag, die Protagonistin Lisa sitzt allein am Tisch und gönnt sich Austern, Schnecken, Schampus und versucht gar nicht erst, ihre Trauer, Wut und Verletzung zu verheimlichen, sondern sich ihrer vermeintlichen Ausweglosigkeit vollends hinzugeben. Im Voranschreiten ihrer Betrunkenheit und der damit einhergehenden emotionalen Verstärkung ihrer misslichen Lage (sie wurde am romantischsten Tag des Jahres, der zugleich ihr Geburtstag ist, aufgrund einer erneuten Fehlgeburt verlassen) lässt Lisa endgültig ihre Hemmungen fallen und kennt weder Benehmen noch Grenzen: Sie wirft die ausgelutschten Schalen auf andere Restaurantbesucher*innen, ignoriert Spott und Zurechtweisung, schlürft und schmatzt und beginnt dann in einem Moment der real körperlichen Bedrohung, aus vollem Herzen zu lachen und schlägt so ihr angreifendes, männliches Gegenüber in die Flucht – durch Nichtanerkennung und Bloßstellung. Dieser Exzess, dieses nach tradiertem Rollenverständnis unweibliche Verhalten, scheint bei Leser*innen gut anzukommen. Vielleicht ist es aber auch der Kitsch des Restaurants, die Zurschaustellung und Überspitzung von Luxus, Etikette und Romantik. Statussymbole. Mächtige Gesten. Ich warte nur darauf, dass jenes Restaurant anruft und eine szenische Lesung vorschlägt. Wieso ist die ausrastende Frau so faszinierend? Es wird ihr Hysterie vorgeworfen. Der Zyklus gemutmaßt. Vielleicht deshalb. Es gibt so viele pathologisierende Begründungen für wütende Frauen.

Im Zuge der Besprechungen (ob als Rezension, Kritik, Kommentar oder nach Lesungen) wurde nicht selten über meine

Klassenzugehörigkeit und -herkunft spekuliert (sehr selten wurde ich direkt danach gefragt) – oder zumindest über die klassenspezifischen Gesten, die Sprachen und den Habitus meiner Protagonistinnen (Verwechslungsgefahr). Was in der Zeit nach der Veröffentlichung von *Spitzenreiterinnen* geschah, war, dass ich häufig in nicht nur gute, sondern in bessere Restaurants eingeladen wurde, wenn mir Institutionen, Firmen oder Personen Angebote machen wollten. Dass ich nicht nur ein Glas Prosecco, sondern selbstverständlich Champagner in die Hand gedrückt bekam, und dass es dabei nicht selten (für meine Verhältnisse) Austern gab (oder ähnlich dekadente Speisen) – immer im Verweis auf die eben geschilderte Szene, stets mit einem Augenzwinkern. Das mag zum einen daran liegen, dass mein zweiter Roman erfolgreich war und sich dementsprechend mein Status als Schriftstellerin und Künstlerin veränderte (parallel gezeigte Filme liefen ebenfalls gut, das bedingt sich natürlich gegenseitig), Leute gerne in Dekadenz schwelgen und dementsprechend jeden Anlass zelebrieren wollen und Ausreden für dieses Verhalten suchen. Oder zum anderen, dass mir die Leser*innen glaubten, dass ich kenne, was ich dort beschreibe, und davon ausgingen, das wäre mein Standard. Die Ebenen vermischten sich. Die Verfasserin wurde mindestens der höheren Mittelschicht zugeschrieben und das war lange Zeit auch ihr Ziel.

Performativer Reichtum (wie auch performative Armut) ist für mich als Kulturschaffende ein mühsames wie erhellendes Thema: Inwieweit (das war jahrelang meine persönliche Frage) kann/muss ich meine Klassenzugehörigkeit und vor allem -herkunft verschleiern, um tatsächlich von der angestrebten Klasse nicht nur akzeptiert, sondern nicht in Frage gestellt zu werden? Respektive: Wie vermeide ich den paternalistischen Gestus, der leider häufig mitschwingt, wenn das Unterschichtenkind in der Hochkultur mitspielen darf? Die Eltern haben zu häufig gesagt, Leute wie wir kriegen das nicht. Nur was? Mittlerweile interessiert mich eher: Inwieweit ihre Klassenherkunft, um sich zum Beispiel Attribute einer bestimmten Art von coolness, struggle und credibility anzueignen? Mit großem Genuss betrachte ich die enthüllenden Weihnachtsbilder von Künstler*innen, die die restliche Zeit des Jahres wirken, als würden sie auch nicht wissen, wie es weitergehen soll. Prunk, Kitsch, Erbe. Eigentumswohnung, Assets und von den Reichen kann man sparen lernen.

Habitus und Gestus sind erlernbar. Kulturelles und soziales Kapital sind Größen, die ständigen Schwankungen unterliegen (können) und vor allem von den Referenzsystemen der sozialen Schichten abhängig sind. Und dennoch hat mich der Roman schier mühelos an Orte gebracht, an deren Zugang ich vorher schlichtweg nicht einmal gedacht oder ich mir die finanzielle Erlaubnis niemals gegeben hätte (mühelos, weil es nicht mein Anliegen beim Schreiben war).

Ich saß da also in diesem Spezialitätenrestaurant und es war so schön, wie die Fotos im Internet auch vermuten ließen. Es wurden zwar keine Verträge unterschrieben, aber Angebote wurden gemacht. Und es war so aufregend, wie ich mir das vorstellte. Und die Schriftstellerin sitzt in diesem Restaurant und freut sich, dass die Angebote kommen. Sie ist erleichtert. Sie fragt sich, ob sie ohne den Mann überhaupt jemals wieder arbeiten kann. Sie verbietet sich diese Frage. Ihr wird eine Serie angeboten – über Ehe. Sie sagt, sie lebe jetzt in Scheidung. Es wird gelacht. Eine Scheidung muss man sich auch erstmal leisten können. Das hätte man sich auch sparen können (vgl. »Geld ist nicht alles, aber ohne Geld ist alles nichts.«).

Im Fernsehen rutschte mir vor Kurzem also mein Unterschichten-Outing raus. Der Mann, mit dem ich gerade intim bin, sagt, er hätte sich nie für seine Herkunft geschämt. Er wüsste schon immer, dass es cooler sei, von dort zu kommen. Seit Wochen denke ich über diesen Satz nach. Coolness eben nicht als performative Leistung. Coolness als Grundvoraussetzung. Warum empfindet er das so. Was wird hier verglichen? Ich warte ständig auf einen Knall. Dabei wird wahrscheinlich nichts geschehen. Alles geht weiter wie bisher. Stillstand muss man sich auch erstmal leisten können. Bad bitches hustle hard. Unterschichtenkinder hustlen permanent. Offenbarung, Romantisierung, Selbstentblößung.

Wo mir in den Anfängen meiner Karrieren die eigene Klassenherkunft unangenehm, gar peinlich war, und ich durch Auslassung dieses Themas zwar auch keine andere vorgab, aber sie weder benannte, noch annahm als das, was sie eben ist: mein Hintergrund, mein Unterbau, meine Startvoraussetzung (worauf man ja auch stolz sein oder zumindest dazu stehen könnte) – finde ich es heute besonders befriedigend, mit diesen Diskrepanzen zu spielen, zu arbeiten und sie darund auch bloßzustellen (und mir dieses Spiel mittlerweile auch leisten zu können). Unterschichtenkinder, Arbeiter*innenkinder, so bisher ein Verständnis, sollten sich darüber freuen, wenn sie auserkoren, eingeladen und angehört werden. Eine Teilhabe, die nicht manifestiert ist, die uns genauso schnell wieder entrissen wie gegeben werden kann – bis wir uns eben fest eingeschrieben haben – in den Diskurs, die Szene, die Clique, den Betrieb, die Industrie, die Kunstgeschichte. Doch was passiert eigentlich dann? Als könnte man ein System von innen heraus zerstören. Man wird Teil des Systems. Man wird in Luxusrestaurants eingeladen. Man kriegt Nächte in guten Hotels. Man kriegt Geschenke. Man kriegt Zugang, Privilegien, eine mächtigere Position. Man kann danach süchtig werden. Entitlement. Der Glaube, diese bevorzugte Behandlung stünde einem zu.

Nicht selten täuscht mein Auftreten, meine Social-Media-Performance oder mein Image eine Selbstverständlichkeit in Bezug auf Geld, Status und Lifestyle vor, die nichts mit meiner (finanziellen) Realität zu tun hat. Und die Illusion funktioniert. Den besten Schampus gibts übrigens bei Aldi. Aber wozu das Ganze? Die permanente Sehnsucht nach finanzieller Unabhängigkeit. *Fake it till you make it.* Gleichzeitig der Stolz, es bis hierhin geschafft zu haben. Wird man so zur Komplizin im kapitalistischen System? Wenn ich mir die künstlichen Nägel nicht mehr leisten kann, ist es für alle offensichtlich.

Die eigene Erfahrung hat mir die Gefahr und gegebenenfalls extreme Geschwindigkeit des sozialen Abstiegs gelehrt. Während die Furcht davor also meine Arbeitsmotivation zu großen Teilen mitbestimmt und entsprechend befeuert, habe ich auch gelernt, dass ich mich im Ernstfall gut durchwurschteln kann – auch eine Überlebensstrategie und Qualität. Trotzdem: Haste nichts, biste nichts. Der Altersarmut mit offenen Augen entgegenrennen. Besser als »Augen zu und durch«? Der Burnout genauso in greifbarer Nähe wie der nächste Erfolg. Die nächste Enttäuschung. Es gab Zeiten, in denen war es normal, dass nur wir Kinder zuhause essen.

Die Schriftstellerin will so reich sein, dass sie, wenn es sein muss, jeden Tag essen gehen kann. Weil sie nicht kochen kann. Pasta und Pesto reichen ihr aber für lange Zeit.
Die Schriftstellerin kann sich kein Taxi nehmen. Nicht des Geldes wegen. Ein Überbleibsel aus den wirklich prekären Lebensverhältnissen. Egal wie spät es, wie unangenehm das Wetter, wie müde, erschöpft, überarbeitet, besoffen oder high sie ist – es wird auf die öffentlichen Verkehrsmittel gewartet. Oder zu Fuß gelaufen, Fahrrad gefahren. Außer es ist ein Ernstfall. Geht es um jemand anderen, kennt die Schriftstellerin keine Grenzen. Besonders großzügig sind die Freund*innen, die aus ähnlichen Verhältnissen kommen. Auch so eine Binsenweisheit (vgl. »Geiz ist die größte Armut«). Haben nicht alle, die so aufgewachsen sind, irgend so ein Fragment?

Natürlich wuchs auch ich mit neoliberalen Leistungsversprechen auf und werde permanent mit ihnen konfrontiert: hard work and dedication würden schon dafür sorgen, dass auch ich (dauerhaft) den Aufstieg schaffe. Alles eine Frage der richtigen Einstellung. Positives Mindset, die entsprechende Attitüde und das individuelle Streben nach Glück. Power tools und management skills, feel good slogans und dauerhafte Selbstoptimierung. Das (wenige) Geld ordentlich (in andere, die mich coachen) investieren und ab geht's auf der Karriereleiter und zwar steil nach oben. Jede*r kann es schaffen! Der Glückskeks sagt: *Akzeptiere das Leistungsprinzip und du wirst erfolgreich sein.* Mit Behauptungen und Anspornen fällt es besonders leicht, über die strukturellen Probleme und Benachteiligungen hinwegzutäuschen – und über die gesellschaftliche Verantwortung. Wenn jede*r nur für sich selbst verantwortlich ist, ist jede*r auch selbst schuld, falls das Leben eben nicht schön oder besser ist. Gleichzeitig gibt es konkrete Ideen davon, wann und wie ein Leben schön und gut ist. Darunter fallen auch die Wellness-, Beauty-, Glücks- und self care-Industrien, als völlig durchkapitalisierte Bereiche. Jede*r ist seines eigenen Glückes Schmied. Dann die Rückbesinnung. Was wirklich zählt, ist die Familie, die Bodenhaftung. Stars, die sagen, alles Geld der Welt sei nichts wert bei Krankheit oder fehlender Liebe. *I've been rich and I've been famous but happiness beats them both.*

Die Schriftstellerin hatte bereits früher so große Abstiegsängste, dass sie zur therapeutischen Beratungsstelle ging. Existenzielle Nöte. Wer kann sich in dieser Stadt eine Wohnung leisten. Was, wenn keine Aufträge mehr kommen. Die Bücher sich nicht weiter verkaufen. Kein Preis in Sicht. Kunst kommt von Geld.
Das Erstgespräch. Die Frau, die sagt, die Schriftstellerin nehme jemandem den Platz weg, der*die ihn dringender braucht. Ihre Verwunderung. Die Frau zählt auf: Die Schriftstellerin leidet weder an Depressionen, Schlafstörungen,

Panikattacken, an Essstörungen, zwanghaften Angststörungen noch verletzt sie sich selbst oder andere. Die Schriftstellerin, die sagt: Wenn auch nur eins davon eintritt, ist sie wirklich arbeitsunfähig. Armut, die krank macht. Krankheit, die arm macht. (Mentale) Gesundheit, die auch finanziert werden muss. Berechtigung erst dann, wenn es eigentlich schon zu spät ist. Die Schriftstellerin soll in einer Woche wieder anrufen. Wenn sie den Platz dann immer noch will oder meint, ihn zu brauchen. Die Frau, die sagt, sie sehe keinen Leidensdruck, sondern Coaching-Bedarf. Die Schriftstellerin, die meint, am Ende zu sein und den Platz einfordert.

Auch jetzt denkt sie, sie sei am Ende. Immer noch oder schon wieder? Wie oft hat sie schon Leute sagen gehört, dieser eine Moment sei deren Tiefpunkt gewesen. Hierarchisierung der eigenen Verluste sowie Defizite. Man sollte darüber Listen führen. Wann ändert sich die Gewichtung? Der schlimmste Liebeskummer war vor zwanzig. Die elendigste Kränkung auch. Wo befindet sie sich jetzt, auf der eigenen Skala? Die Schriftstellerin, die sich ärgert, dass sie nie den eigenen Mann noch die eigene Beziehung hinterfragt hat. Die Schriftstellerin, die sich ärgert, dass sie sich aus Übermut auf die Ehe eingelassen hat. *Do you believe in love after love?* Sie ist die Frau, die seinen Nachnamen trotzdem behalten, er ist der Mann, der Teil ihrer Geschichte bleiben wird. Der Mann, der in ihre Geschichte eingegangen ist. Der Mann, aus dem sie vielleicht einmal eine Geschichte machen wird, wenn sie wieder schreiben kann. Die einen erneuern ihr Ehegelübde, die anderen kaufen sich die Ungebundenheit zurück. Sie recherchiert online die Höhe der Scheidungskosten. Sie legt die Nummern der Anwält*innen noch mal zur Seite. Es muss ja nicht immer alles sofort erledigt werden.

Selbst wenn wir Schluss machen, ist es nicht vorbei. Beziehungen wurden eingegangen und haben das (eigene) Leben (mal mehr, mal weniger) intensiv geprägt. Nachwehen, Nachwirkungen, nachhallende Sätze. Vorbei ist es eigentlich erst, wenn wir die betroffenen Personen vergessen haben (uff, wie?) oder wir gestorben sind (nein danke). Damit so eine Liebesgeschichte wirklich nachvollziehbar ist, müsste alles gleichzeitig erzählt werden. Aber das geht natürlich nicht. Denn es blickt ja so schon niemand mehr durch. Aber das lieben wir doch, die unsichere Aufregung. Gib mir, gib mir. Süchtig nach dem Beginn. Dem Rausch.

Die Schriftstellerin träumt: Es brennt langsamer als Schneckentempo und sie entscheidet sich letztendlich dagegen, die Festplatten mit den eigenen Arbeiten zu retten.
Wozu?, fragte sie in die Traumwelt hinein und sieht das Feuer herüberschleichen. Die noch ein wenig dösende Freundin rät ihr, stattdessen das neue Jil Sander mitzunehmen. Mit diesem verlässt sie die Katastrophe. Die Freundin kommt dann nach, wenn's so weit ist. Dummerweise hat sie den Anfang des Traumes vergessen, so erscheint ihr die Geschichte nur halb fertig. Ganz wie ihre eigene. Sie schreibt sie trotzdem auf. Also, sie schreibt jetzt einfach ihre Träume auf. Du sagst, Träume sind ein gutes Zeichen. Wofür? Wird schon für irgendwas brauchbar sein.
Das ist wohl ganz grundsätzlich der Sinn der Sache: etwas aufschreiben, um das Narrativ zu beherrschen. Herrin der eigenen Geschichte sein. Da kommen die Wörter zurück. Licht am Ende des Tunnels. Es ist doch noch nicht vorbei mit ihr. Zum Glück! Was wäre sonst aus ihr geworden? Weiter. Sie träumte, sie serviere frisch aufgebrühten Kaffee und allen schmeckte er köstlich.
Der Text. Sie bemüht sich. Das muss man ihr lassen. Zumindest sitzt sie am Tisch. Der Glückskeks sagt: *Sie sind so gut, wie Sie sich einschätzen.* Sie hat das zuerst als Frage gelesen. Gute Frage, findet sie. Sind Sie so gut, wie Sie sich einschätzen? Sie bestellt einhundert Glückskekse für einhundertmal Tagesmotto. Wieder was geschafft.

Sie geht zum Bäcker. Dort wartet die Bäckereifachverkäuferin mit den hochtoupierten, blondierten Haaren und ruft beim Öffnen der Tür vergnügt: Ah, da ist sie ja, meine Frau Allein, ciao bella! Die Schriftstellerin schaut blöd (aus der Wäsche), unsicher, ob gelacht werden soll. War das ein Scherz oder eine zielsichere Beleidigung? Wie steht es denn nun um die alleinstehende Frau? Die Frage bleibt vorerst ungeklärt. Sie ist jedenfalls eine wachsende Bevölkerungsgruppe. Dahingehend wird sie auch immer relevanter.
Schriftstellerin: Seit wann bin ich denn Frau Allein?
Bäckerin: Du kaufst immer nur eine Sache ein, nur für dich.
Frau Allein: Ach.
Bäckerin: Was darf's heute sein?
Frau Allein: Eine Rosensemmel.
Bäckerin: Siehst du. Ich gebe dir noch ein Croissant dazu, meine Hübsche.

Ich träume: Frau Allein fühlt sich gut und muss nie wieder mit einem Mann zusammenleben.
So unverhofft und etwa erfüllend?
Nein, sagt die Amazon-Suche: über sechzigtausend Ergebnisse zum Stichwort »Single«. Die Antwort steckt vielleicht zwischen Ratgebern, Kochbüchern und falsch verstandenem Empowerment. Nein, sagen die übergroßen Plakate und Anzeigen der Partner*innenbörsen, Dating-Apps und Romantic Comedies. Nein, singt die Powerballade im Radio. Alle elf Minuten. Davon muss sie sich auch erstmal erholen. Allein im Restaurant. Beim Frühstück auf Lesereise macht ihr das nichts aus. Pardon. Allein beim Frühstück macht sie niemandem was aus. Wieso braucht die jetzt auch am Abend so viel Platz? Kommt da noch jemand? Nein. Platzverschwendung. Der Katzentisch. Sie bestellt jetzt lieber Take-away. Zuhause essen im Bett. Was für ein Luxus. Es hat sich herumgesprochen, dass sie solo ist. Männer sliden in ihre dms. Sie überlegt sich, einen Internetboyfriend zu suchen. Einen persönlichen cockblocker. Einen, mit dem sie ständig auf

Fotos sein kann, da er eh ein guter Freund ist. Sie sucht sich einen aus. Aufdringliche Macker geben oft erst Ruhe, wenn man behauptet, vergeben zu sein (an einen anderen Mann). Das zählt dementsprechend mehr als das einfache Desinteresse. Die Schriftstellerin beschließt, sich noch einmal kurz hinzulegen (aber mit Gesichtsmaske). Dabei ist sie doch eben erst aufgestanden. Geht halt noch nicht. Im Winter dann. Freilich, dann geht's wieder los. Abriss, Aufriss, Anfang und Ende. Circle of love, äh, life. Alles synchron. Endlich hat auch sie es geschnallt, es wird keinen Abschluss geben. Sie macht die Augen zu.
Nichts.
Aber das Nichts gehört ihr.
Es sticht. Aber schon ein bisschen weniger (vgl. »Manchmal muss man durch die Dornen gehen, um die Rosen zu erreichen«).

be your own girlboss and girlwork from girlhome on your own girlschedule to achieve financial gwwirlfreedom

@scoutboxall

YOU ARE
LOST

WINTER 2021/2022

Das Tagesmotto der Horoskop-App Co-Star lautet *You get revenge on an ex by writing a best-selling book about the relationship.* Die Schriftstellerin hat ein schlechtes Gewissen. Katja Eichinger ruft an und sagt, ein schlechtes Gewissen sei nur eine andere Bezeichnung für Angst. Was soll schon passieren? Die Schriftstellerin weiß auch nicht, was sie hat und versucht, sich zu entspannen (vgl. »Zu Tode gefürchtet ist auch gestorben«). Schließlich ist doch alles anders jetzt.

Neues Jahr, neues Glück, neuer Text. Wer wird sich denn da noch vom Exmann verunsichern lassen? Eben! Im Glückskeks steht: *Was sich bald herausstellt, wird deine Zukunft beeinflussen.* Die Schriftstellerin will eine Zukunft. Sie will nach vorne schauen. Das haben Jahreswechsel so an sich. Dabei weiß sie wohl noch nicht, dass sich die Energien nicht am kalendarischen Jahreswechsel neu organisieren, sondern am Geburtstag, und der ist jetzt noch ganz schön weit weg. Was sie nicht weiß, macht sie nicht. Unwissenheit schützt vor Strafe nicht. Neujahrsvorsätze. Neue Vorhaben. Neue Ideen. Das Gefühl, für zumindest einen kurzen Moment alles auf null setzen zu können. Als gäbe es kein Vorher, kein Nachher. Diese Zwischenzeit, die vor Potenz und Potential strotzt. Betörend. Sich selbst glaubhaft belügen. Und dann bleibt das meiste wie zuvor. Wie lebt es sich, wenn man sich keine Zukunft vorstellen kann? Klingt im ersten Moment ekstatisch befreiend, im zweiten irritierend fad. Ist diese abwesende Vorstellungskraft Zeugnis von Verunsicherung, Angst oder Passivität oder der bedingungslosen Hingabe an eine Gegenwart? Und genau dazwischen hängt die Schriftstellerin. Sie kann sich alles vorstellen und nichts. Eine flexible Frau. Jackpot für jede*n, die*der jetzt in den Genuss ihrer Aufmerksamkeit kommt.

Weil sie nicht weiß, was sie tun soll, vereinbart sie einen Termin bei der Wahrsagerin. Irgendwie muss sie sich ja zurechtfinden. Sie braucht eine Handlungsanweisung, sie braucht etwas Sinnstiftendes, eine Form der Erklärung. Eine Aufgabe abseits der Textproduktion, der Trauerarbeit, des Sichselbstneuerfindens.

Die Nummer der Wahrsagerin wurde ihr von mehreren Freund*innen gegeben. Vereinbare einen Termin, haben sie gesagt, es wird dir guttun. Selbst wenn du nicht dran glaubst, wirklich, haben sie pedantisch hinterhergeschoben. Die Schriftstellerin ist nicht abgeneigt, warum auch, sie hat eine für ihren Beruf dankbar angelegte Denkstruktur. In ihrem Hirn findet alles parallel statt. Etliche Szenarien scheinen glaubhaft, da denkbar. So auch, dass die Wahrsagerin ihr irgendwas über ihr Leben berichten kann, oder eben auch nicht. Am allermeisten mag die Schriftstellerin Termine. Sie mag es, was zu tun zu haben, was nicht in ihr, an ihrem Schreibtisch stattfindet. Und sie mag es, gesehen, gedeutet, analysiert und beurteilt zu werden. Die Therapeutin. Wie findet sie eigentlich ihre Patientin? Sie genießt es, wenn andere ihr erklären, wer sie ist, wie sie zu sein scheint und welche Angewohnheiten sie sich antrainiert hat. Ganz besonders reizend findet sie jene Momente, in denen Liebhaber*innen ihr erzählen, was ihnen an ihr aufgefallen ist, was sie schätzen, verachten oder lediglich bemerkenswert genug finden, um es zu kommentieren. Redewendungen, Phrasen, Gestik und Mimik. Sie kann gar nicht genug davon kriegen. Beschreibe ihr, wie sie ist, wie sie für dich ist, sie liebt das. Sie ist ideal für dieses Business. Rezensionen liest sie mit großem Interesse und je abwegiger die Darstellung ihrer Person dabei geschildert wurde, desto glücklicher macht es sie. Meistens. Etwas, das von außen kommt. Etwas, dass sie nur bedingt erklären kann. Etwas, das ihr erklärt, wer sie ist, wer sie sein kann. Bewertungslogiken, ihr Image, ein Spiel. Eigen- und Fremdwahrnehmung.

Schreiben ist ein einsames Geschäft. Oder: Schreiben macht einsam. Die offenkundige Vielfältigkeit ihrer Persona gibt ihr eine Grundzufriedenheit, die sich in etwa so übersetzen lässt: Ich bin alleine, aber ich bin viele Varianten davon in der Außenwelt. Denn so ist es letztendlich: Eine Single-Schriftstellerin, die den ganzen Tag nur mit sich ist und dann versucht, andere zu treffen, um nicht vollkommen wahnsinnig zu werden. Kein Wunder, dass die erschöpft ist. Die kriegt ja gar nichts mehr mit. Komm schnell her und erzähl ihr was.

Aber sie braucht sich jetzt wirklich nicht beschweren. Sie hat sich ihr Leben genau so ausgesucht. Störungsfrei arbeiten und leben zu können, ist die größte Errungenschaft für so eine Frau. *A room of one's own.* Sich nach keinem anderen Zeitplan zu richten, keine Kompromisse finden zu müssen. Kein Abgleichen mehr. Keine fremden Bedürfnisse. Sie will keinen Platz mehr schaffen. Wenn sie danach gefragt wird, sagt sie überzeugend, dass sie nie wieder eine solche Beziehung eingehen möchte. Fällt das schon unter die Definition von Powerfrau? Und wenn sie alleine ist, fürchtet sie sich davor, dass sich nie wieder jemand in sie verlieben wird. Oder sie sich. Dass es das jetzt war. Nur was? Das Verzehren danach, wahrhaft geliebt – die Angst davor, als die Person, die sie ist, erkannt und deshalb abgewiesen zu werden. Die Entscheidung, allein zu sein, wurde irgendwo dazwischen getroffen. Der Glückskeks sagt: *Die Schönheit liegt in der Einfachheit.* Hier ist nichts einfach.

Ist das noch immer der Schock oder eine Erkenntnis? Wenn sie sagt, sie sei zufrieden, wirkt das dann glaubwürdig oder hilflos? Filmvorlagen, Charaktere zwischen verzweifelt auf der Suche und krampfhaft unabhängig. Wie kann sie sich nachhaltig davon befreien und lösen? Keine Medien mehr konsumieren.
(Scherz)

Soll sie sich fürs (glücklich) Alleinsein eigentlich schämen? Oder das singuläre Leben als Privileg verstehen? Für so eine Umdeutung braucht es Vorbilder. Die pathologisierende Behauptung, es handle sich lediglich um den egozentrischen, narzisstischen Eigensinn, der eine Frau dazu bringt, sich gegen das klassische und propagierte Familienmodell zu richten. Die Frage, was egoistischer ist: Kinder kriegen oder nicht. Die psychologische Behauptung, einer Frau muss etwas abgrundtief Traumatisierendes widerfahren sein, um sich gegen die Paarbeziehung zu wenden. Wer braucht und wer profitiert von diesen Begründungen? Wie werden solche Frauen also bewertet, gesehen und beschrieben? Eine Beurteilung, die von außen kommt. Das Ablösen tradierter Rollenvorstellungen.

Hier geht es auch um eine Verabschiedung. Nicht nur die Verabschiedung des einst geliebten und begehrten Ehemannes, sondern auch die Verabschiedung von der Idee dieser ganz bestimmten Paarbeziehung, vielleicht sogar jedmöglicher Paarbeziehung. Auch diese Frau hat Angst. Angst vor erneuter Verletzung, vor dem nächsten Verlassenwerden, der nächsten Enttäuschung. Eh klar. Aber es braucht keine tiefgehende, dramatische oder psychologische Begründung für die Entscheidung, lieber allein zu sein. Für die letztendliche Umdeutung des Stereotyps der verhärmten Emanze, der männerhassenden Feministin oder der frigiden, ungebumsten Übriggebliebenen braucht es allerdings entsprechende Geschichten. Oder einen entsprechend starken Willen. Hier kommt eine. Oder vielleicht auch nicht Widerspruch und Widerstand. Verkettung von Umständen, Aktion, Reaktion, gibt es Kausalität überhaupt oder brauchen wir sie nur, um dramaturgische Griffe durchzusetzen?

Meine Oma lebte ihr Leben lang allein. Erst jetzt im Altersheim befindet sie sich in so einer überdimensionalen Wohngemeinschaft mit ihr eigentlich Unbekannten. Sie findet es unerträglich, dass so viele Männer da leben, so wie sie Männer ganz grundsätzlich unerträglich findet. So formuliert sie das freilich nicht. Sie macht das geschickter, subtiler, mit einer einverleibten Zurückhaltung, einer ironischen Süffisanz, aber in den entscheidenden Momenten mit einer gnadenlosen Direktheit. Dass Frauen auch Männer ungeniert zurechtweisen, schimpfen, rausschmeißen und zur Rechenschaft ziehen können, begriff ich durch sie. Seit ich denken kann, warnt mich diese Frau, die im Dorf meiner Kindheit den Status der herrschenden Matriarchin (zumindest oben auf dem Hügel, auf dem wir lebten) trug, vor der Ehe, vor der Paarbeziehung und vor den Qualen der Familie. Es gibt keine guten Männer, sagt sie, auch dann nicht, wenn sie recht lieb tun. Lieb tun ist ihre Umschreibung für sowohl schmieriges, schmachtendes, schleimiges als auch für aufmerksames, herzliches und fürsorgliches Verhalten von Männern. Unbezwingbare Skepsis und eine absolute Haltung, die keine Ausnahme gelten lässt. Als Kind erschien sie mir oft forsch, oft gemein und verurteilend. Heute frage ich mich viel eher, ob und welche Erfahrungen und/oder Enttäuschungen diese Frau gemacht hat, um so eine Härte zu entwickeln. Oder hat sie sie beobachtet, gehört, gelesen? Manchmal frage ich sie danach. Meistens spricht sie lieber über den Speiseplan oder das Kreuzworträtsel. Mittelmäßig lecker und knifflig. Ein einziges Mal sprach sie über die mehrfach erfahrene Gewalt, über die wenigen Lieben, die oft in körperlichen Grenzüberschreitungen mündeten. Die ein jedes Mal ihre Lebensrealität verändert und sie mit sich selbst zurückgelassen haben. Respektive sie dazu brachten, sich zu entscheiden, alleine zu sein und auch zu bleiben. Keine Versorgeehe, keine Unterstützung in der Sorgearbeit, vielleicht nicht mal finanziell. Fehlte ihr etwas? Die Erinnerung an eine weinende Witwe in Elisabeth T. Spiras *Liebes-g'schichten und Heiratssachen*: Haben Sie Ihren Mann geliebt? Das Schluchzen verstummt. Nein! Geliebt hab ich den nicht.

Die Frage nach missverstandenem Verantwortungsgefühl, Aufopferungsbereitschaft und emotionaler Fürsorgearbeit. Sie sagt, sie habe ihr Leben lang genug zu tun gehabt, da brauchte sie nicht auch noch einen Mann, der den ganzen Tag irgendetwas serviert bekommen will.

Wenn ich ihr von einem Freund, einem Mann erzähle, hält sie mir Vorträge, nach denen sie mich schlussendlich immer schwören lässt, niemals meine Karriere aufs Spiel zu setzen. Selbst dann schon, als sich weder eine Karriere noch der kleinste Erfolg in Sichtweite befand, ich noch nicht einmal den Schulabschluss hatte. Diese Frau, die sich Zeit ihres Lebens gegen eine Beziehung mit einem Mann entschieden hatte, wurde nicht selten bemitleidet. Auch von uns Kindern oder von den Nachbar*innen in deren hübsch gepflegten Vorgärten. Selbst dann, wenn sogar wir Kinder wussten, dass die in ihren Ehen unglücklich waren oder die Frauen regelmäßig von ihren Männern betrogen wurden. Aber ich nahm das Bild des Mangels dankbar an. Plötzlich vermisste ich einen Opa, den ich nie kannte. Weil die Idee, das Stereotyp so verlockend klang. Weil die forsche, wütende kleine Frau manchmal erschreckend boshaft wirkte. Weil doch permanent suggeriert wurde, dass es alleine ganz fürchterlich sei und etwas fehle. Sie kam aber gut zurecht. Sie hatte Rituale, die sie fest einhielt, war angesehen und Geschäftsfrau. Sie lebte ein Modell, dass mir in vielen Hinsichten heute als Ideal erscheint. Sie hatte es geschafft, sich frei zu machen von romantischen, gesellschaftlichen Zwängen und ein Leben nach ihren eigenen Regeln zu leben – und das in der ärgsten Provinz Österreichs. Und was ich am verlockendsten einschätze: Sie hatte ihre Ruhe. Oder wie sie es formuliert: schalten und walten in ihrem eigenen Reich.

Meine Oma und ich sind zu so unterschiedlichen Zeiten, aber trotzdem gleichzeitig am Leben, dass hier Transferleistung gefragt ist. Was kann ich von ihrem Leben auf das meinige übertragen? Wo treffen sich unsere Erfahrungen, die Konsequenzen und die Realitäten? Die Zuschreibungen von außen. Es ist heute wesentlich einfacher, gewöhnlicher und akzeptierter, als junge Frau allein zu sein. Werde ich überhaupt noch danach bewertet? Die Gynäkologin, die mich darüber informiert, dass ab jetzt jede Schwangerschaft ein Risiko sei. Die Sammlerin, die mir den Rat gibt, schnell Kinder zu kriegen, bevor mich niemand mehr schwängern wolle. Der Mann, der mir auf dem Businessdinner sagt, er würde sich niemals auf eine Feministin einlassen, weil die so anstrengend seien und das wohl auch der Grund für mein Singledasein sei. Die Frau, die mir beim Anblick ihres Kindes sagt, dass das ihr Sinn des Leben wäre und sie mich bemitleide.

In Omas Haus standen Skulpturen und Figuren von nackten Männern herum und sie fand, das reicht. Mir reicht das nicht. Sie sagt, Elvis war der schönste Mann der Welt und der ist tot. Da lohnt sich das Verlieben auch nicht mehr. Das fand ich schon immer gut, aber ich verliebe mich schier permanent. Die Frau, die sich ihr ganzes Leben gegen die Abhängigkeit eines Mannes wehrte, gebar übrigens drei Söhne. Eine fiese Fügung oder ein irrwitziger Umstand. Mal lacht sie darüber, mal nicht. Ich möchte mich bei ihr entschuldigen, dass ich automatisch davon ausging, dass ihr etwas fehlen muss, obwohl ich jahrelang jeden Tag mit ihr verbrachte und sie nie den Anschein machte.

Im Altersheim gab es einen Mann, der bereits verstorben ist, der ihr ständig Anzüglichkeiten hinwarf, als gäbe es keine alternativen Gesprächsanfänge. Schau, sagte sie dann, selbst im Alter sind die noch so, der kann doch gar nicht mehr. Warum führt der sich so auf? Wir lachten beide, während wir der ausweglosen Situation in die Augen starrten, denn da tätschelte er schon mit seinen tattrigen Händen mein Knie und beteuerte meine Schönheit und ich ließ es gewähren, aus Höflichkeit. Denkend, der stirbt sowieso bald, sei es drum. Die vielen Ausreden, die ich mir selbst für das unangenehme Verhalten von anderen vorsage.

Die Therapeutin findet, da stecke was drin, in der Geschichte. Prägende Ereignisse und Begegnungen. Sie fragt nach den Frauen in meinem Leben. Ich frage mich ständig selbst nach den Frauen in meinem Leben. Es sind viele, die einen extravaganten Lebensstil pflegen und die ich abgöttisch liebe. Nicht wenige von ihnen leben ohne Partner*in. Manche von ihnen verwitwet, andere vehemente Verfechterinnen des Single-Zustands. Sie erscheinen furchtlos, mutig und schön. Dabei sprechen wir unentwegt. Über Sehnsüchte, Verletzungen und Sicherheitsbedürfnisse. Das ist die Familie, die man sich sucht. Sie fragt nach den Frauen in meiner Familie, mit denen ich aufgewachsen bin. Natürlich, die Mutter. Aber wer ist da noch? Die kinderlosen Tanten, die ganz entgegen dem Klischee glücklich sind.

Als Kind dachte ich, es gäbe eine bestimmte Menge, die es auszuhalten gilt. Eine Menge an Gewalt, Missachtung, Demütigung, Grenzüberschreitung. Ist die Menge erreicht, wird alles gut. Oder, noch besser: Ist die Menge erreicht, wird man belohnt. Die Vorstellung, dass es so ist, weil es so sein muss. Dass es einen Grund dafür gibt, der nicht überprüft oder bezweifelt werden muss. Eine höhere Macht, Schuld, die man auf sich geladen hat usw., und dann: ausgleichende Gerechtigkeit im besten Sinne – aber hoffentlich noch zu Lebzeiten. Hinzu kamen die anderen Ideen. Dass man es tatsächlich schaffen kann, den Klassenaufstieg, den Klassenwechsel, die Überwindung der Armut. Kinderfantasien. Die Frage danach, wie viele Frauen in meinem direkten Leben sexuelle Belästigung, Nötigung, Übergriffe und Gewalt erlebten. Die Frage, wie viele von ihnen nicht. Gibt es eine einzige? Keine Frage, die sich ernsthaft mit dem Warum beschäftigt. Die Akzeptanz oder die Ablehnung überge-

stülpter Konzepte wie Religionen, Patriarchat, Kapitalismus. Begründungen in deren angelegten Strukturen. Historische, biologistische Argumentationsketten. Binäre Geschlechtersysteme. Rollenzuschreibungen, Etikette und Verhaltensbedingungen. Immer wieder diese Machtlosigkeit.
Die Auflösung der Grenzen, das Erkennen der Zusammenhänge. Das Müdewerden. Sich ergeben, sich rausziehen, sich engagieren, sich aufreiben, etwas erreichen.

Je nachdem, wie weit ich den Vergewaltigungsbegriff definiere, umso größer wird die Zahl, die ich mit mir herumtrage. Die mir manchmal einfällt. Und ich dann wieder vergesse. Neulich erzählte ich jemandem von der ersten und von der letzten. Ich sprach darüber in einer Gleichgültigkeit, dass ich mich beinah selbst erschrak, aber nur beinah. Oft besprochene Erlebnisse verlieren irgendwann ihren Reiz. Oft erzählte Demütigungen auch? Abspaltungsidee. Verarbeitungs- und Verdrängungsstrategien.

Die Co-Star-Benachrichtigung: *It's ok to not immediately understand what has happened to you.*

Die erste geschah mit siebzehn oder achtzehn, nach einigen wenigen Monaten sexueller Erfahrungen. Dabei wachte ich vom Stoßen auf, vom Stöhnen, von dem Körper, der schwer auf mir lag. Der Mann, der seinen Penis bereits in mir hatte, war von meiner Irritation irritiert, war er sich doch sicher, ich hätte mich nur schlafend gestellt. Eine interessante Idee, die ich sofort zu kategorisieren versuchte. Ich bat ihn, nicht aufzuhören, sondern ließ ihn sogar noch abspritzen – wo er doch schon dabei war. Er war erfahrener als ich, älter, ein echter Catch. Erst nach dem Rausziehen überprüfte ich seinen Penis auf ein Kondom. Glück gehabt, er war verantwortungsbewusst. Ich fragte mich erst, ob er es geiler fand, einen reglosen Körper zu vögeln als einen aktiven, lustvollen und ob er fortan lieber so mit mir schlafen möchte, bevor ich mich fragte, ob das ein Missbrauch war. Als ich diese Geschichte irgendwann einem der darauffolgenden Boyfriends erzählte, bezichtigte mich dieser sofort der Lüge, der Übertreibung, der Aufmerksamkeitshascherei. Wegen ihm trug ich zum ersten Mal in meinem Leben schwarze hochhackige Lederstiefel mit Pfennigabsatz und pinken Details. Er fand das geil und fand mich darin geil und das wollte ich ihm bieten, geil sein. Nachdem mich dieser Freund also der despektierlichen und gefährlichen Behauptung überführen wollte, die schließlich ganze Männerkarrieren und -leben gefährden und ruinieren könne, beschloss ich, dass es sich um keine Vergewaltigung, sondern lediglich um ein Versehen gehandelt haben kann. Ich meine, er hat ja gesagt, dass er dachte, ich tue nur so. Schwamm drüber. Der neue bf machte dann auf Grund dessen mit mir Schluss, nannte mich dabei eine Hure, bedrohte mich, falls ich auf die Idee käme, das auch über ihn zu erzählen und ich ging nach Hause und glaubte, ich verdiene genau das. Schuld, Scham und Schluss. Geldnot. Wir hatten alle dauernd Geldnot und auch da war ich mir sicher. Ich würde nur Männer abkriegen, die aus den gleichen Verhältnissen wie ich kommen. Die auch nichts hatten, die ich mit meinem Körper, meiner Hingabe, meiner credibility bezahlen konnte. Ein Tauschgeschäft. Mir kam das jahrelang wie eine einzige Transaktion vor. Mein Körper gegen, für?

Meine letzte Vergewaltigung ist erst ein paar Jahre her. Ich war Mitte zwanzig, high oder betrunken und der Mann, der plötzlich bei mir zuhause war, hat mich schon die ganze Nacht lang genervt und elendig viele Nächte zuvor. Einer von denen, die immer überall sind, wo man sich selbst befindet, irgendwas von Schicksal labern, einem unentwegt Komplimente machen, Drinks spendieren, die Drogen servieren und kein Nein akzeptieren – ohne jemals unhöflich, beleidigend oder aggressiv zu werden. Er war nett, aber er hat mir nicht gefallen, hat mir nichts angeboten, was ich reizvoll

fand. Trotzdem befand er sich in dieser einen Nacht in meiner Wohnung, in meinem Bett und würde jede Sekunde mit mir schlafen, denn wir waren schon beinah nackt. Klare Zeichen. Tat er dann auch. Ich fragte noch, warum er eigentlich hier ist und er sagte, ich habe ihn eingeladen. Das erschien mir logisch, ist ja mein Zuhause, ich muss die Adresse genannt und den Schlüssel benutzt haben. Und ich konnte mich daran erinnern, dass er mir leidtat, dass ich mir dachte, wahrscheinlich muss ich mit ihm schlafen, damit er mich in Ruhe lässt. Erst dann hat das ein Ende. Ich hätte mich wehren können, als ich diesen einen klaren Moment erlebte und wusste, dass ich ihn nicht will – entschied mich aber dagegen. Vielleicht hatte ich auch keine Kraft. Vielleicht war ich zu high, zu weit weg, vielleicht fehlten mir die Worte.
Der Pragmatismus. Die Therapeutin meint, sei nicht die schlechteste Eigenschaft. Manchmal verwechsle ich ihn mit (Selbst-)Aufgabe. Ich kann mich noch so gut an den Gedanken erinnern, dass der sich jetzt bestimmt richtig freut. Sich so darüber freut, dass er mich endlich rumgekriegt hat und endlich mit so einer Frau wie mir im Bett landet. Das Nein als Koketterie, als Spiel, als eigentliches Ja begreifen. Völlige Fehleinschätzung. Ich wollte den nie. Als er fertig war, ging er wie selbstverständlich. Und er hat mich fortan ignoriert.

Gestern saß ich auf einer Dachterrasse und lernte eine Frau kennen, in die ich mich schon in der ersten Sekunde verliebte. Ihre tätowierten Sommersprossen, die aufgespritzten Lippen, die ultra glatte Stirn und diese unfassbar wachen Augen, die irritierend anziehende Sprechweise und die noch schöneren Gesten. Wir sprachen stundenlang über Sex, zur Erheiterung der anwesenden Personen, auf eine Art, wie es mir nur mit solchen Frauen möglich scheint. So offen, so direkt, so unschön, so ungeil. Unsere ersten Male, die wir, gänzlich unromantisch, einfach hinter uns bringen wollten und sie relativ wahllos vollzogen. Die unfassbar vielen Male, die wir mit Männern schliefen, weil wir glaubten, alles andere sei unhöflich, anstrengend oder zu unsicher. Die Grenzüberschreitungen, die man sich gefallen ließ, um größere Katastrophen zu vermeiden. Die Autonomie, die man aufs Spiel setzte. Die Sicherheit, die einem verwehrt geblieben ist.

Wie ich diesen Text schreibe, ruft eine Freundin an, die letzte Nacht im Club einen Übergriff erlebt hat, in einem Moment, in dem sie absolut schutzlos war und nicht verbalisieren konnte, dass ihr was geschieht. Die Wut. Die Angst. Das Wissen, dass es einfach wieder passieren wird. Die graduelle Verschiebung der Einschätzung der Brutalität. Das Vergleichen der Erfahrungen. Die E-Mail, die man an die Clubbetreiber*innen schreibt. Wie so oft schon. Die Frage, warum es kein Awareness-Team gab. Die Schutzlosigkeit, das Gefühl, ausgeliefert zu sein. Ware. Das Warten aufs Runterkommen, auf Klarheit. Wir wollen uns nicht einschränken. Wir wollen tragen, worauf wir Lust haben, die Kontrolle verlieren und abgeben und dabei nicht bedrängt, ausgenutzt, dafür nicht bestraft werden. Ich denke an die eine Freundin, die mir sagte, ich sei selbst Schuld, wenn mich Männer auf der Straße kommentieren, sie binde sich schließlich aus dem Grund immer ein Sweatshirt um die Hüfte. Das ist nicht die Lösung. Die Erinnerung an die ordnenden Systeme und Konzepte.
Ich denke an den Zugang zu Abtreibungen und wie unsicher er ist. Dass feministische Errungenschaften scheinbar einfach wieder aufgelöst, verboten und rückgängig gemacht werden können. Faktisch. Dass wir niemals sicher sind. Dass die Erfolge, die erkämpften Rechte nicht hundertprozentig gegeben sind, sondern beschützt werden müssen, weil sie uns sonst erneut entrissen werden können. An die Angst davor, einmal schwanger zu werden und eine Ausweglosigkeit zu spüren. An die Angst davor, schwanger zu werden und mich im falschen Land zu befinden. An die Geschichten

jener Frauen, die zur Austragung gezwungen werden, auch dann, wenn die Schwangerschaft durch erzwungenen Sex herbeigeführt wurde. An Frauen, die verurteilt werden, weil sie ihren Vergewaltiger ermordeten. An einen Besuch bei planned parenthood in den USA. An gaslighting und Beschämungen in Arztpraxen und Beratungsstellen. An die eigene Gewissheit, keine Kinder zu wollen. An die Gynäkologin, die mir einen Fetzen Kondom mit den Worten: »Ach, Sie haben ja tatsächlich verhütet« aus der Vagina zog. An den Apotheker, der mich zwang, die Pille danach vor seinen Augen zu nehmen und mir erklärte, dass das keine Verhütungsmethode sei und ich gefälligst besser aufpassen solle. Der sagte, dass er die Schnauze voll habe von den jungen Frauen, die jeden Schwanz in sich abspritzen lassen würden. Aber auch an die Apothekerin, die mir erst neulich, also genau zehn Jahre später, die Pille danach über die Theke reichte und mir detailliert erklärte, was ich jetzt zu tun habe, was passieren würde und dabei weder verurteilend noch belehrend war. An den Gynäkologen, der meine Mutter dazu brachte, mir früh die Pille zu verschreiben, weil gerade junge Mädchen so schnell schwanger werden würden. An die Tochter der Nachbarn, die mit sechzehn Zwillinge gebar und mir als schlechtes Vorbild dienen sollte. An den Mann, der von mir unbemerkt während dem Sex das Kondom entfernte und so tat, als hätte ich das spüren müssen und ich in seinen Augen dementsprechend zugestimmt habe. Die Männer, die sagten, sie könnten nicht mit Kondom verhüten, weil sie allergisch seien, es sich schlecht anfühle, sie sonst keine Erregung halten könnten. An die Angst vor dem Testergebnis auf Geschlechtskrankheiten. An den Mann, der mich vorgestern auf dem Heimweg verfolgte, bis ich mit meiner Freundin telefonierte, von der ich mich nur wenige Minuten zuvor verabschiedete. An den Mann, der mich an der U-Bahn mit Komplimenten bewarf, während ich meine Mutter am Telefon hatte, den ich zu ignorieren versuchte, der mein Ausweichen dankbar annahm, die Arme weit ausbreitete, nach mir griff und sagte: Du bist so schön, lass dich von mir festhalten. An die Regelmäßigkeit. An die Abgestumpftheit. An die Sicherheitsmechanismen. Der Schlüssel, das Telefon in der Hand. An den Mann, der seinen Penis in der Tram neben mir rieb und mich dabei anschaute und den ich ignorierte. Das Auto, das gestern Nacht neben mir hielt, der Fahrer, der sich rüberlehnte, um mir zu meinen schönen Beinen zu gratulieren und dabei winkte, als wären wir einander bekannt, vertraut. An die Frau, die gestern im Restaurant zu ihrem Mann sagte, ich sei aber leicht bekleidet.

Ich denke an die Erkenntnis: Es gibt keine vorher festgeschriebene Summe und dann Ruhe als logische Konsequenz. Es hört einfach nicht auf.
An die Idee: Ich würde nichts Besseres finden, verdienen, bekommen, weil ich unter den Parametern aufgewachsen bin, unter denen ich nun mal aufgewachsen bin.
An den Wunsch: trotzdem die Liebesfähigkeit nicht zu verlieren.

Ich muss mich hinlegen. In der Summe erschlägt es mich. Mit der Energie haushalten. Welche Kämpfe können bestritten, welche Diskussionen geführt werden? Wie viel Kraft ist noch vorhanden? Irgendwann lernen wir vielleicht persönlich, in welchen Konflikt es überhaupt noch nützt reinzugehen. Emotionale Erschöpfung. Die Frage, ob es sich irgendwann gelohnt haben wird. Wird all das, werden all diese Erfahrungen für irgendetwas gut gewesen sein? Ist all der Schaden, der verursacht wurde, auch nur ansatzweise brauchbar? Also nicht nur im Sinne von Verwertung, sondern: Wird er gebraucht? Brauche ich ihn, um diesen Text schreiben zu können, oder muss dieser Text geschrieben werden? Wird die Summe dessen, was mir zufällig passiert, irgendeinen größeren Sinn, eine gewinnbringende Qualität, eine trostspendende Moral am Ende der Geschichte bereithalten?

Nein.
Er hat keinen weiteren Zweck.
Er passiert.
All das geschieht einfach.
Warum?

Es gibt so viele Erklärungen und keine schafft Verständnis. Fragilität. Ego. Anspruchshaltung. Übergeordnete Konzepte.

Life is a. If life gives you.
Alles, was ich kann, was wir können, ist mich, ist uns dazu verhalten. Veränderung zu erstreiten, einzufordern, zu erkämpfen. Die Schriftstellerin kann sich nur immer wieder dazu verhalten und darf nicht aufs Schreiben vergessen. Atmen und schreiben. Als Überlebensstrategie. Als Abwehrmechanismus (vgl. »Vor Gericht sind alle gleich, nur manche sind eben gleicher«). Die Enttäuschung, der Schmerz. Und trotzdem die Zuversicht nicht verlieren. Wie soll das gehen? Sie geht jetzt erst mal ins Bett.

Der Glückskeks sagt: *Lebenskunst heißt, zu lieben, was man tut.* Sie liebt ihr neues Bett. Es ist ihr safe space, in den sie niemanden lässt. Niemand lag bisher in diesem Bett, niemand anderes außer ihr selbst. Wie lange das wohl so bleiben wird? Wenn die Sehnsucht nach einem anderen Körper zu mächtig wird, schmiegt sie sich an den besten Freund, völlig ohne sexuelle Erregung. Die Schriftstellerin möchte etwas über Liebe in Freund*innenschaft schreiben. Immer will die etwas Neues. Die kann wirklich nie Ruhe geben.

Der Exmann hat's auch schon gefunden – der hat eine Neue. Eine neue Freundin. Eine neue Liebe. Ein neues Leben. Bei manchen ist das so, da geht das schneller. Mit dem Loswerden, äh, Loslassen und dem Neueinlassen (vgl. »Wer wagt, gewinnt«). Der ist jetzt schon wieder richtig glücklich. Sagt zumindest sein Instagram. Schnell blockieren. Sie fühlt sich defizitär. Warum kann sie sich nicht verlieben, zumindest ein kleines bisschen? Sie schreibt ein Hörspiel für einen Radiosender. Wenigstens kann sie wieder arbeiten. Da sind alle erleichtert. Was ist diese Frau denn bitte schön ohne Arbeit? Eben. Rise and grind, liebe Schreibfrau, rise and grind. Trauerspiel beendet. Im Hörspiel bringt sie eine Figur um und konfrontiert damit deren Nachbar*innen. Dabei will sie gar nicht mehr arbeiten. Arbeit, vermutet sie, hat auch einen zerstörerischen Charakter. Also einen allumfassend zerstörerischen, sie wird noch draufgehen, mit all der Arbeit. Und was ändert sich schon mit all der Arbeit. Ablenkungs- und Kompensationsstrategie. Hoffentlich wird sie berühmt. Das wünscht sie sich doch so sehr. Sie telefoniert mit Redakteur*innen, Verleger*innen und Herausgeber*innen. Länger kann sie sich ihren Ausfall nämlich nicht mehr leisten. Existenzangst ist ein starker Motor. Gut, dass sie den hat. Jede*r braucht schließlich etwas, das sie*ihn antreibt.

Keine Trostlosigkeit, kein Trauerkloß, kein Kloß im Hals. Nein, stattdessen Effizienz, writers high, high energy. Es ballert. Dabei schneit es und ist gänzlich ungemütlich. Auch in ihr. Das passt! Der äußerliche und innere Zustand verschmelzen, sie ist ungestüm und ungebändigt. Was sie jetzt will, ist der bestmögliche Exzess und das in jedem Sinne. Der Rausch. Sie kann sich in den Tunnel reinarbeiten, sich verschlucken lassen. Sogwirkung. Sie nimmt an. Gib ihr, gib ihr. Drogen nimmt sie auch. Sie sagt, das fühlt sich gut an. Kontrollverlust, Waghalsigkeit, Euphorie. Sie sagt, sie braucht die Grenzerfahrung. Sie sagt, sie muss ihre Grenzen neu ausloten. *It comes in waves.* Wenn nicht jetzt, wann dann. Gier, Reiz und Sehnsucht.

Sie hat plötzlich wieder Lust. Sie hat Hunger. Sie schläft mit dem New Yorker Kurator, der auf Durchreise ist. Der liegt im Hotelzimmer neben ihr. Sie weiß, dass sie bald Schluss machen muss, weil das hält wirklich niemand aus, so laut wie der schnarcht. Er redet kaum über Kunst, das ist angenehm. Am besten gefällt ihr, wie desillusioniert er ist, und dass er ihre Arbeit nicht verstehen kann. Damit fühlt sie sich gut aufgehoben. Endlich einer, der nicht nicht verstehen will, sondern nicht kann. Er sagt: *I love how your nails look on my dick* und die Schriftstellerin glaubt, dass sie das in einen Text schreiben muss. Dabei hält sie gar nicht unbedingt gern seinen Penis fest, der ihr ästhetisch gar nicht mal so gut gefällt. Den restlichen Sextalk vergisst sie leider sofort wieder, obwohl sie dabei befreiend häufig lachen muss, dass es für alle Beteiligten eine große Freude ist. Der Kurator greift nach ihrer Hand im Schlaf. Die Schriftstellerin zieht sich an und geht. Rebound. In drei Wochen geht sein Rückflug. Bis zum nächsten Mal. Hoffentlich bringt er ihr dann endlich das kitschighässliche, aber deshalb wunderschöne New York-Souvenir-T-Shirt mit. Warum vergisst er es jedes Mal? Ständig vergessen diese Männer, was sie will, bis sie es selbst beinah vergisst.

Sie nimmt den Aufzug, geht durch die Lobby. Sie liebt Hotels. Es ist ihr egal, dass sie die Mitarbeitenden vielleicht für ein Flittchen halten. Flittchen ist so ein Wort, von dem sie nicht weiß, was es genau bedeutet und alles einschließt, ihr aber in solchen Situationen in den Sinn kommt. Als Fremdbezeichnung. Im Internet steht: »[junge] Frau, die in anstößig-verwerflicher Weise schnell sexuelle Beziehungen zu Männern eingeht« und »eine junge Frau mit zweifelhaftem Lebenswandel«. Auf jeden Fall jung. Vielleicht ist sie dafür schon zu alt. Es gefällt ihr aber als Flittchen, Geliebte oder Bitch durch die Eingangshalle zu schreiten. Als eine, die sich geholt hat, was sie gebraucht hat und jetzt einfach wieder nach Hause geht. Das Kleid, dass sie trägt, ist wenig, draußen wird sie frieren. Die Sonne, gerade so am Aufgehen. Sinnlos, vor dem Frühstück schon zu gehen, die Eierspeisen in diesem Hotel sind gut. Er frühstückt mit ihr gern im Bett. Es sind die Extravaganzen, die sie halten. Die Extravaganzen und die Ausnahmen, die Verheißungen.

In den letzen Jahren schlief sie mit einigen New Yorker Kuratoren. Die Schriftstellerin findet es amüsant, dass es so viele von ihnen gibt und sie so viele davon findet.
Sie schläft außerdem mit der Kunsthistorikerin, die zwanzig Jahre älter als sie ist. Die verhält sich ruhig, wenn sie pennt und macht morgens richtig guten Kaffee. Ein jedes Mal, wenn sie dort übernachtet, fühlt sie sich wie in den Ferien. Die Kunsthistorikerin besitzt das bequemste Bett, auf dem die Schriftstellerin je schlief. Und das trotz der vielen Lesereisen der letzten Jahre. Die Frau kennt sich aus mit Schlafmöglichkeiten und will am liebsten hier einziehen. Das will aber die ältere Frau nicht – und erst recht nicht deren Freundin.

Auf der Straße ruft sie die Agentin an. Besser von dem aufregenden Privatleben erzählen als von gar nichts. Die Agentin lässt sich davon nicht beeindrucken und sagt, sie soll endlich das neue Buch schreiben. Die Zeit wäre reif für den Liebesroman. Namhafte Verlage würden sicher bieten. Biete du doch der Welt auch etwas, liebe Schreibfrau, so ein bisschen Inhalt, so ein bisschen Unterhaltung, Gegenwartsanalyse. Träumt sie eigentlich immer noch so lebendig, so viel, so erzählenswert? Die Schriftstellerin überlegt, ob sie den Kurator und die Kunsthistorikerin im Roman miteinander verkuppeln soll, findet das aber zu unrealistisch und zu heterosexuell. Die Schriftstellerin überlegt, ob sie eine Figur schaffen soll, die exakt so angelegt ist wie sie selbst und diese mit dem Kurator und der Kunsthistorikerin schlafen lassen soll. Aber auch das scheint ihr zu weit hergeholt. Die Agentin meint, die Schriftstellerin soll sich ruhig trauen, ihr eigenes Leben zu verwenden. Wofür hat man es denn? Jaja, eben. Eine einzige Inspirationsquelle. Die besten Geschichten schreibt das Leben selbst (vgl. »Arbeite klug, nicht hart«).

Statt nach Hause geht die jetzt zur Wahrsagerin. Die legt die Karten auf den Tisch. Kerzen brennen. Es riecht gut nach

unaufdringlichen ätherischen Ölen im hochpreisigen Aroma-Diffusor. Der frühe Vogel fängt den Wurm. Wissen ist Macht. Die Wahrsagerin hat eine angenehme Stimme, in die man sich sofort reinlegen will. Das macht sicherlich viel aus. Die Schriftstellerin hofft, dass die Wahrsagerin viel erzählt. Jetzt liegt da alles vor ihr ausgebreitet.
Die Vergangenheit. Die Gegenwart. Die Zukunft.
Ihre gelebte Vergangenheit. Ihre nervenaufreibende Gegenwart. Ihre hoffentlich rosige Zukunft. Sie hofft, dass es gut ausgehen wird für sie. Die Wahrsagerin sagt, dass sie drei Karten ziehen soll, wenn sie so weit ist. Sie ist bereit. Jetzt gilt's. Das wird die Weissagung für das kommende Jahr. Ihr erstes Jahr allein. Also ohne diesen einen Mann, mit dem sie doch ihr Leben verbringen wollte, oder zumindest die Option darauf länger im Raum stand. Ready or not.
Sie wählt aus. Eine nach der anderen. Wir fangen von hinten an.
Königin der Münzen. Die drei Stäbe. Königin der Stäbe.
Von einer Königin zur nächsten. Wow. Da freut sich auch die, die die Karten lesen kann und jetzt erklären darf, weil sie weiß, was das bedeutet. Die Schriftstellerin bangt. Die Wahrsagerin lacht. Keine Angst. Von der fürsorglichen zur selbstbewussten Frau. Transformationsprozess. Der ist allerdings schon im Gange. Das, was sie bisher gelernt hat, reicht aus, um die neuen Aufgaben zu bewältigen. Sie wird sich emanzipieren. Nein, noch besser: Sie wird sich selbst finden. Die Schriftstellerin ist erleichtert. Haben wir das nicht alle gewusst? *Good things happen to good people.* Sie zieht noch eine Karte. Die gilt für den heutigen Tag. Der Tod. Toll! Die Wahrsagerin klatscht. Das Ende einer schlechten Ehe. Also metaphorisch. Man darf ja beim Zukunftvoraussagen nicht alles wörtlich nehmen. Da gehört schon die Fähigkeit zur Übertragung dazu. Aber hier passt's ja wie die Faust aufs Auge. Die Schriftstellerin ist froh, noch nie verprügelt worden zu sein. Noch nie an eine*n Schläger*in geraten zu sein.

Am liebsten würde sie den Exmann anrufen. Ihm sagen, dass alles gut werden wird. Also bei ihr. In seine Zukunft kann sie freilich nicht blicken. Will sie auch nicht. Geht sie auch nichts mehr an. Das kann höchstens die Wahrsagerin. Der Exmann wäre sowieso völlig gegen diese Unternehmung. Zeit- und Geldverschwendung. Achso, würde sie dann sagen, außerdem will ich dir mitteilen, dass ich die Scheidung will. Und zwar so schnell wie möglich. Lieber gestern als heute. Pronto sozusagen oder Storno. Sie hält schon ihr Telefon in der Hand.
Dass die aber auch immer so ein Mitteilungsbedürfnis hat. Sie tut es natürlich nicht. Sie hat ja den Kontakt abgebrochen. Da wird nicht einfach angerufen. Das gehört sich nicht. Das wird vorher angekündigt, da wird um Erlaubnis gebeten. Hallo du, darf ich anrufen? Hallo Exmann, hast du Zeit für ein Telefonat? Ja, wird er dann schreiben, für dich immer. Darauf hat sie keine Lust.
Der Glückskeks sagt: *Jede Last ist ein Segen.*

Statt nach Hause geht sie in eine Buchhandlung. Sie will sich was kaufen, sich belohnen, für ihre Existenz, für ihre Zukunft. Da steht prominent der Bildband einer amerikanischen Ikone, eines Sexsymbols, leider foliert, unnötig verpackt auf einem Büchertisch. Weil sie nie weiß, ob sie Bücher selbst öffnen darf, trägt sie das Buch durch den Laden, bis sie einen Mitarbeiter findet. Da steht der, irgendwas abarbeitend, eine Aufgabe, die sie nicht kennt. Die Frage, ob er. Er, der das Buch nimmt und geschickt vom Plastik befreit. Warum schaut er sie so an, so wissend, so schüchtern, so flüchtig, durchdringend. Sie, wie sie erst seine Augen und dann seinen Körper betrachtet, ihn anziehend findet, seine Hände. Der Buchhändler, der ihr das Buch in die Hand drückt und sie stehen lässt. Die Schriftstellerin, die das Buch durchblättert und enttäuscht wird. Wie sie entscheidet, es nicht zu kaufen, aber anstatt es einfach liegen zu lassen, es ihm zurückgeben will. Wie sie ihn sucht, um es wieder loszuwerden, um ihn nur noch einmal anschauen zu können. Er, wie er sagt, dass das Buch wirklich schlecht sei, wie froh er wäre, es zu verkaufen. Sie, wie sie lachen muss. Er, wie er sie sofort erkannte, dies aber verschwieg. Sie, wie sie sein Namensschild liest, sich den Namen merken will. Er, wie er ihr nicht sagt, dass er ihren letzten Roman mag. Sie, wie sie sich verabschiedet, ohne was zu kaufen. Er, wie er sie noch beobachtet und glaubt, etwas Schönes erlebt oder gefunden zu haben. Sie, wie sie ihn direkt vor der Tür im Internet sucht. Er, wie er seiner nächsten Tätigkeit nachgeht. Sie, wie sie ihm direkt auf Instagram schreibt. Er, wie er direkt antwortet.

Statt noch mal hineinzugehen, spaziert sie nach Hause.
Die Schriftstellerin findet einen Vertragsentwurf im Postkasten. Ein Verlag will die Essays als Buch veröffentlichen. Dabei hat sie den letzten noch nicht mal geschrieben. Das hindert die jedoch nicht, die wollen sie. Sie wird begehrt. Die Schriftstellerin fühlt sich geschmeichelt. Finanzielle Unabhängigkeit ist ihr angestrebtes Ziel. Wieder ein Schritt weiter.
Der Glückskeks sagt:
Irgendwann wirst du erfolgreich sein.

Sie will den Exmann anrufen und ihm sagen, dass es jetzt wirklich so weit ist. Jetzt wird er als Figur zurechtgemodelt. Es fällt ihr ja sonst nichts ein. Was soll sie machen? Letzten Endes hat er sie in diese Situation gebracht. Aber vielleicht ist es ihm auch egal. Vielleicht will sie ja, dass er ein Problem damit hat. Ein Problem ist schließlich auch etwas Verbindendes. Ein neues Buch. Ihr fällt der Titel ein. So eine schöne Phrase, die ihr ein Liebhaber häufig schrieb. Enjoy Schatz. Genuss und Kosewort. Sie fragt ihn, ob sie das Buch so nennen darf, er erlaubt's. Wenn das Buch schon einen Titel hat, ist es beinah real. Sie schreibt eine Nachricht in die WhatsApp-Gruppe, die der Verlag mit ihr erstellt hat. Herzen, Herzen, Herzen. Jetzt fehlt nur noch der Inhalt. Dokumente einer Trennung, Dokumente eines Neuanfangs. So in etwa stellt sie sich das vor. Fiktionalisieren der Gegenwart.

Du hast einmal zu mir gesagt: Sind wir nicht alle Material? Dann hast du so schön gelacht am Telefon, während ich in der Küche stand und dir aufgebracht von einem Textvorhaben erzählte, in dem auch du drin vorkommen würdest, wenn du es mir erlaubst. Danach erzählte ich dir von Theresias Kommentar und du hast noch schöner gelacht. Es war, glaube ich, spätabends, irgendwann unter der Woche, du hattest vielleicht schon Urlaub, ich kam aus dem Büro. In dem Moment habe ich mich durchaus verliebt. Ich war so erstaunt über deine Antwort, dass ich Wochen später noch mal nachfragte. Dieses Mal per Text. Zur Sicherheit. Noch einmal bestätigtest du mir, dass ich schreiben kann, was ich will. Ein Ausrufezeichen in Klammern. Mich beschlich das Gefühl, dass du da wirklich was verstanden hast und dass ich da wirklich etwas Schönem auf der Spur bin. Das eigene Leben, die eigene Person als Text. Ich zieh dich jetzt mit rein. Aber ich will dich nicht benutzen. Es geht um was anderes. Trennschärfe. Ist das praktisch überhaupt möglich?

Jahrtausendelang hat der Künstler die Frau schamlos als Muse bezeichnet und ihren Körper in seiner Kunst verarbeitet. Er hat sie beschrieben, gemalt, nachgebaut, in jegliche Form gegossen und sie benutzt. Seit Jahrzehnten wird dieses Verhalten kritisiert. Dennoch werden berühmte Frauen noch immer nach ihren Männern kategorisiert, befragt, bewertet. Mit wem verbrachte sie ihre Arbeits-, ihre Frei- und ihre erotische Zeit? Wen kannte sie, wer half ihr, von wem war sie abhängig? Diese Beschreibungen finden sich in Biografien, Katalog- und Begleittexten, in Portraits, Artikeln, Fernsehbeiträgen. Es scheint sie erst dann interessant, ja, der Beschreibung überhaupt würdig zu machen. Es geht um die berühmten, die wichtigen, die einflussreichen Männer

in den Leben der Künstlerinnen. Es geht um die Genies – von denen oder deren Dunst sie in dieser Logik profitierten. Alle profitieren voneinander. Oder eben auch nicht. Kunst entsteht nicht im luftleeren Raum. Diese Fixierung ist dennoch bemerkenswert. Denn es fällt anders ins Gewicht. Männer brauchen Frauen lediglich als Ausgangslage für ihre künstlerische Arbeit. Frauen benötigen ihre Hilfe. Werke, die fälschlicherweise den Vätern, Ehemännern, Lehrern oder Geliebten zugeschrieben, Sparten, die als weiblich und daher minderwertig eingeschätzt wurden.
Die Kunstgeschichte muss umgeschrieben werden. Feministische Kunstgeschichte, neue Kanonisierungen, korrekte Zuordnung – all das wird seit Jahrzehnten unternommen. Laura Wiesböck hat einmal gesagt: Feminist*in zu sein bedeutet, ein andauerndes Korrektiv zu sein. Es gibt keinen Lebensbereich, der davon nicht betroffen ist. Keinen Tag, an dem das nicht spürbar ist. Witwen berühmter Herren werden trotz ihrer eigenen Karrieren zu ihren verstorbenen Gatten befragt. Manchmal eine ganze Fernsehsendung lang. Als wäre das Leben ihrer Männer ihr einziger Lebensmittelpunkt. Selbst weit nach deren Tod. Große Künstler jedoch werden nicht zu ihren Musen, Geliebten, ihren Inspirationsquellen gelöchert. Nein, die sind mit einer Selbstverständlichkeit vorhanden, die nicht in Frage gestellt werden muss. Muse, komm und küss mich! Manchmal werden ganze Ausstellungen um die Frauen konzipiert, die ein Verhältnis mit den Meistern hatten und fortan als Motiv verewigt wurden. Das wird dann als romantisch bezeichnet, oder als Hommage. Die irrwitzige Idee von dem (männlichen) Genie, das ganz allein erschafft, erstellt und grandios ist. Mit freundlicher Unterstützung von.

Die Agentin findet, die Schriftstellerin darf nicht nur, sie muss ihre eigene Geschichte verarbeiten (vgl. »Aus Schaden wird man klug«). Außerdem ist es doch witzig. Gescheiterte Ehe in dem Alter sowieso ganz unangemessen. Wer heiratet

heute überhaupt noch? Fokusverlagerung, Perspektivenänderung. Die Trennung: ein Geschenk. Als Dank für die verursachten Unannehmlichkeiten: das Buch. (vgl. »Ärgere dich nicht, dass die Rosen Dornen haben, sondern freu' dich, dass die Dornen Rosen haben«).
Sie denkt an Lesungen, Buchläden, Rezensionen, Verkaufszahlen und ein neues Pressebild. Sie denkt an Buchmessen, Verrisse, das Warten und die Aufregung. Auf diesen Schock erstmal zurück ins Bett (vgl. »Wer schläft, der sündigt nicht«). Neben ihr ein Stapel Bücher. Es ist klar, dass sie dieses Angebot nicht ablehnen wird. Alle wissen es. Sie unterschreibt. Das Foto ihrer Unterschrift lädt sie in die WhatsApp-Gruppe. Herz, Feuer, brennendes Herz. Weiter geht's. *One step at a time.* Sie denkt an den Buchhändler. Wird er sich über ein neues Buch freuen?

Huch, wieso fragt sie sich das? Sie wird sich doch nicht etwa verliebt haben. Auf den Schock bucht sie sich erstmal eine Massage für morgen und schenkt sich selbst ein bisschen Fürsorge (vgl. »Kleine Geschenke erhalten die Freundschaft«).
Denn, das hat sie in der Zeit nach der Trennung gelernt, jetzt darf sie ihre eigenen Bedürfnisse priorisieren. Sich etwas gönnen, was ihr guttut. Es gibt keinen Mann mehr, um den sie sich kümmern, keine Beziehung, die aufrechterhalten werden muss. Und um sie wird sich jetzt dafür ordentlich gekümmert. Es gibt Verständnis, Trost und Zuversicht. Sie darf sich hingeben. Ihrer selbst und sie kann andere dafür bezahlen. Luxus.
Geld kommt, Geld geht. Inflation ist auch. Worauf noch warten? Sie hat nur ein Leben und sie ist verspannt. Der Vorschuss ist klein, aber es gibt überhaupt einen. Das ist auch schon was wert. Die Schriftstellerin spürt eine Zuversicht. Kriegt eine Idee davon, wie man's vielleicht schafft. Zumindest den heutigen Tag.
Wellness, Selfcare, Astrologie.

Diese Bereiche sind wie alle durchkapitalisierten Märkte miteinander verknüpft. Die Wellness- und Selfcare-Industrie profitiert von der Zuwendung zum Ich, zur Individualität, der Selbstbetrachtung. Aber auch von der Bereitschaft zur Selbstoptimierung und Leistungssteigerung. Dabei geht es nicht nur um körperliche, sondern auch um mentale Gesundheit. Erklärungen. Das Wohlbefinden, in jedem Sinne, scheint nicht nur erstrebenswerter Zustand, sondern auch der Schlüssel zum viel proklamierten Heilungsprozess zu sein. Dementsprechend auch zum Glück oder einem besseren Leben. Während also gleichzeitig einst beschämende und tabuisierte Themen wie Therapie, Depression und andere psychische Erkrankungen in den Vordergrund geholt und dringend notwendigerweise entmystifiziert werden, wird auch ein bestimmter Lifestyle verkauft. Dazu gehören Aufenthalte, Mode, Accessoires und Gadgets genauso wie Bücher, Objekte und Dienstleistungen. Work-Life-Balance.
Das Sortiment zur Steigerung, Verbesserung oder gar Überwindung körperlicher oder geistiger Missstände sind unendlich. Eins jener Zuwendungsangebote, das schier ganz nebenbei wieder im Mainstream auftauchte und völlig unironisch zum Trend wurde: die Astrologie.

Der New Age-Mief wurde zurückgelassen. In Magazinen und online werden sternzeichenverzierte Artikel angepriesen und Kompatibilitäten beschworen. Ein Angebot der Sinnhaftigkeit. Die Beschäftigung mit den Sternen, dem eigenen Sternzeichen, Aszendenten und der damit eingeschriebenen Eigenschaften könnte auch der Entschlüsselung der eigenen Persönlichkeit, Unannehmlichkeiten und Hindernisse dienen. Was wiederum klärend, aufschlussreich und nicht zuletzt amüsant sein, sondern auch als Begründung oder missverstandene Entschuldigung für unliebsames Benehmen, Pech oder anderweitig miese Zeiten herhalten kann. Retrograde. Season. Signs. Ich bin übrigens Jungfrau-Jungfrau, Mond im Skorpion.

Ambiguität und Unsicherheiten sind Teil der eigenen Existenz. Die Ambiguitäten und Unsicherheiten innerhalb der kosmopolitischen Gefüge scheinen an Intensität uneingeschränkt zuzunehmen. Wäre es da nicht ideal, einen Blick in die Zukunft, ins kommende Geschehen werfen zu können? Oder, noch präziser und aktueller, einen Platz in der Welt zugewiesen zu bekommen? Die Gegenwart begreifen und verstehen zu können?
Aber das Kokettieren oder zumindest distanzierte Interesse an den Sternenkonstellationen ist mehr als nur ein Meme, ein modisches Accessoire oder ein Ratgeber – es ist alles. In jedem Lebensbereich finden sich Astrothemen. Die beste Vogue-Ausgabe ist auch immer die mit dem Jahreshoroskop. Gleichzeitig, so ist es doch auffällig, waren die Horoskope nie weg (Zeitschriften, Magazine, Fernsehsendungen etc.) und kennt nicht ungefähr jede Person, selbst wenn sie sich weder damit beschäftigt, noch dem Ganzen glauben schenkt, das eigene Sonnenzeichen?

Der Glückskeks sagt: *Sei besorgt, nicht besessen von deiner Gesundheit.* Wenn ich Drogen nehme und mir ein Übergriff geschieht, gehe ich davon aus, dass die Macht missbrauchende Person weiß, was sie tut. Dass sie mir ansieht, was ich tue. Ich gebe mich bewusst dem Kontrollverlust hin. Diese Person nutzt meinen Zustand bewusst aus. Ich gehe davon aus, dass es um eine bewusste Demütigung, Kränkung, Verletzung geht. Es geht nicht um seine Hand an oder in meinen Körperöffnungen, es geht um eine Zurechtweisung, mir zu zeigen, wo mein vermeintlicher Platz ist. Entitlement. Unsicherheit. Begegnungen, Verhängnis. Ich kreise gedanklich immer wieder um die Wörter Schicksal und Zufall.

Ob nun Astrologie, das Universum oder Religionen: Sie liefern Antworten, Halt und mitunter konkrete Handlungsanweisungen, an die sich im Falle des Falles geklammert, orientiert und gerichtet werden kann. Die Astrologie erlebt seit

Jahren ein allumfassendes Comeback. Allumfassend, weil sie sich in schier jeden Bereich der Popkultur integriert hat. In Songs, Serienepisoden, in Filmen wird darüber gesprochen, dezidierte Astroblogs und Instagram-Accounts haben mehrere Millionen Follower*innen.
Eine eigene Logik, die auf mathematischen Rechnungen und planetarischen Einheiten basiert und große Zusammenhänge schafft, aber ohne eine anzubetende, eine sich unterwerfende Figur auskommt, scheint attraktiv. Die Frage, ob daran geglaubt wird, ist vielleicht gar nicht so wichtig wie die komplexe Sprache, die als Code gelesen werden kann.

Wie sehr ich von Astrologie umgeben war und bin, lässt sich mühelos aufzählen, wurde mir aber erst neulich richtig bewusst. Der Vater, der bei der Verkündung des Tageshoroskops im Radio oder im Frühstücksfernsehen um Ruhe bat, die Oma, die das Schicksal auspendelte und für alle selbstverständlich ausführliche Horoskope erstellen ließ, die eine Bekannte, die um den Hals ihre liebste Tarotkarte als goldenen Anhänger trägt, die enge Freundin, die mit Strasssteinen ihr Sternzeichen auf ihrem Top beim Ausgehen präsentiert. Nicht zuletzt ich selbst, die ihre Co-Star-Benachrichtigungen oder deren tägliche Zusammenfassung ohne doppelten Boden häufig auf Instagram teilt. Ohne je die eigene Haltung preiszugeben. Und damit freilich, neben all dem Amüsement, ein millionenschweres Business unterstützt. Es ist so reizvoll. Leicht zu konsumierende Texte, sehr gut designte Apps und unfassbare Löcher, Tiefen, ja, Universen, in die man sich fallen lassen und in denen man unendlich viel recherchieren kann – und nicht zuletzt, es ist eine Hilfestellung.

Heute morgen wache ich verliebt auf. Da steht: *Power in sex & love. Now is a good time to explore all the secret reaches of your desire. Give yourself permission to create the feeling of closeness with someone you love. (Similiar to 16 others (aus meiner Freund*innenliste) today).*

Gleichzeitig hat man eine Beschäftigung. So wie die KI-gesteuerte App mir und zigtausend Benutzer*innen weltweit täglich Dos, Don'ts, Tipps, Schwierigkeiten, ein Motto und zutreffende, respektive lieber zu meidende Freund*innen präsentiert, erhalte ich durch die Konzentration auf diese dargebotenen Strukturen Inhalte. Sofort gehen die Gedanken beim Lesen in alle Richtungen. Was trifft zu, was nicht. Heute steht unter Do: secretive kisses. Wo kommen die also später her?
Your day at a glance: *You deserve a wholehearted love affair.*
Ja.
Das tue ich.
Ich habe fünf Dollar für mein Beziehungshoroskop bezahlt. Da steht, woher ich komme, was ich will, was ich brauche, was ich suche und warum ich falsche Entscheidungen traf. Man muss ein Angebot abgeben, die App kann es ablehnen. Was ist es mir wert, meine Liebessterne entschlüsselt zu bekommen? Für fünf Dollar pro genutzten Monat kann ich die Eros-Funktion freischalten lassen. Dabei wird mein*e Partner*in, dessen ultimative Kompatibilität ich ergründen lassen möchte, so lange nicht über mein erlangtes Wissen informiert, bis ich sie*ihn dazu einlade. How well do you know them? How well do you want to? Intriguing – faszinierend und irgendwie auch überzeugend.

You are finding new ways to own your need to be independent.

Die Aufdröselung der eigenen Konstellationen bietet genügend Informationen für die Mikrogeschichten, die wir uns erzählen. Oder für Witze, Anmachsprüche, Grundsatzdiskussionen oder Shoppingbegründungen. Oder eben für Erklärungen. Ein angenehmes, alles ordnendes Gefühl und gleichzeitig abstrakt genug, mich nicht einzuschränken.

Ein Mann, der mir mit Anfang zwanzig heftigst das Herz brach, sagte beim ersten Date überzeugend: In jedem Leben

eines Fischs gibt's eine Jungfrau und andersrum. Er suggerierte, dass es sich bei unserer Verbindung daher um etwas ganz Großes handeln muss – oder zumindest könnte. Die Wunschvorstellung, etwas ganz Besonderes, Schicksalhaftes (für ihn) zu sein. Als er mit mir Schluss machte, ließ er es sich übrigens nicht nehmen, noch einmal mit mir zu schlafen. Den Sex, den würde er vermissen, säuselte er befriedigt. Mich nicht, habe ich dann gewusst. Block, delete, move on. Ob sich toxisches Fuckboy-Behavior auch so rechtfertigen lässt? Sicherlich. Warum nicht? »Ich fühl's nicht« als Ablehnungsbegründung.
Dass gerade bei Millenials und Gen X die Astrologie so umfassend angekommen ist, begründen unterschiedliche Expert*innen mit Stress. Die wohl gestresstesten Generationen, die sich (hilfesuchend) an die Planeten wenden. Besonders Frauen scheinen sich mit Astrologie zu beschäftigen. Bedeutet das, dass wir die Gestresstesten der Gestressten sind? Das erinnert mich an die Nachricht, dass es eine weiter steigende Zunahme von heterosexuellen Single-Männern geben soll, weil sich die Anforderungen an ausgeglichene Paarbeziehungen erhöhten. Ich stelle mir die Frauen, die sonst in derart miesen Beziehungskonstrukten verhaftet wären, jetzt wesentlich entspannter vor. Die Messlatte, um als ein guter Mann zu gelten, scheint für heterosexuelle Männer immer noch sehr niedrig, erstaunlich, dass so viele noch nicht einmal die erreichen. Ich denke an Männer, die sich jetzt auch um ihre Kinder kümmern und exorbitant viel Lob dafür bekommen.

Wer bin ich, wo gehöre ich hin, was hält mein Leben für mich bereit? Das Stereotyp der Narzisst*innen, die damit konfrontiert sind, dass sie es nicht automatisch besser haben werden als die vorangegangenen Generationen, die unentwegt Nabelschau betreiben. Die irgendetwas anderes wollen als die bisherigen Konzepte. Die Sterne sind vermeintlich neutral, inklusiv. Vielleicht liegt es daran. Es gibt keine klaren Gewinner- und Verliererzeichen. Alle haben nervige Eigenheiten und positive Eigenschaften. Erst heute blätterte ich eine

Frauenzeitschrift durch, die ich aus Zwang (um Geld abheben zu können) im Supermarkt mitnahm. Eine ganze Seite widmete sich der Sternzeichen-Mode (Ketten, unisex Sweatshirts, T-Shirts und Caps, die von Menschen unterschiedlicher Geschlechtsidentitäten präsentiert wurden) und am Ende las ich das Horoskop, in dem drinstand, dass ich besonders geerdet sei, Tolles erschaffe und deshalb beliebt sei. Was in den anderen Texten stand, weiß ich nicht, warum auch, es interessiert mich nur mein Eigenes.
Co-Star bestätigt: *You are gifted by an ability to create beauty.*

Die Schriftstellerin hat ein Ziel.
Sie will umgehend die prophezeite unabhängige Frau werden. Sie kauft sich einen Power-Smoothie, der nicht nur die Hirneffizienz steigern, sondern auch noch die Abwehrkräfte stärken wird. Sie verlässt das Bett und geht wieder ins Büro. Jeden Donnerstag besucht sie die Damensauna, die mit dem Whirlpool. Mit einer Freundinnengruppe, deren Kompatibilität freilich auch durch Co-Star bestätigt wurde. Sie wird von Veranstalter*innen, von Produzent*innen, von Verleger*innen zum Essen ausgeführt. Sie nimmt an. Sie lässt sich tätowieren. Und nochmal. Sie hält Vorträge. Sie chattet mit dem Buchhändler. Sie macht eine Rechercheреise und wird krank. Sie macht mit allen Liebhaber*innen Schluss. Dafür ruft sie alle einzeln an. Einer fragt, wie lang die Liste sei. Sie kichert. Jemand anderes fragt, ob das slutshaming gewesen sei. Sie weiß es nicht. Sie arbeitet. Sie geht auf Partys. Sie genießt. Sie nimmt zu. Sie ärgert sich nicht. Sie weint. Sie arbeitet und schläft manchmal im Büro ein. Sie lacht.

Generell scheint sie ganz munter.
Wie kann das sein? Sie nimmt noch einmal eine ordentliche Portion Drogen und geht zwanzig Stunden aus. Ohne erkenntnisreichen Moment hört sie nach wochenlangem, intensivem Konsum wieder damit auf. Sie trinkt nicht mehr. Sie telefoniert mit dem Buchhändler. Sie wartet auf die hel-

leren, wärmeren Tage, auf das erregende Gefühl von Frühling. Sie macht eine Produktion in einer anderen Stadt und lebt tagelang in einem Luxushotel. Das Hörspiel wird fertig. Sie holt den Buchhändler zum Kaffeetrinken ab. Sie will seine Hand halten, aber traut sich nicht. Dann geht sie auf Lesereise. Sie nimmt die Anerkennung an, ohne sie zu hinterfragen. Ein Selbstexperiment. Das hat ihr die Therapeutin aufgetragen. Sie betrachtet ihr Leben. Ihr neues, das ohne den Ehemann. Jeden Tag die Push-Benachrichtigung. Der Schnee schmilzt. Sie entsorgt ein paar seiner Sachen.

Was hat sich schon verändert?
Der große Bruch, vor dem sie sich so fürchtete, geschah nicht. Trotzdem häufig die Einsamkeit. Alles ist im Fluss. Sie bekommt ein Stipendium angeboten. Sie nimmt an. Den Frühling wird sie in einer anderen Stadt verbringen. Sie hat kein Bedürfnis, den Exmann zu kontaktieren. Nein, sie vergisst ihn erst tage- und dann plötzlich wochenlang (vgl. »Wie gewonnen, so zerronnen«). Sie telefoniert mit einer anderen Wahrsagerin. Die bestätigt das, was die erste schon prophezeite. Sie fragt ihre Freund*innen, ob sie ihnen das Gleiche sagten. Sie verneinen. Sie lernt neue Menschen kennen, die sie nie mit ihrem Exmann gesehen oder erlebt haben. Für die er kein Begriff, kein Teil von ihr ist. Und jene, die schon länger in ihrem Leben sind, gewöhnen sich an die neue Variante der Schriftstellerin. So, wie sie es selbst tut. Sie sieht erste Frühblüher. Sie spürt eine leichte Form der Aufregung. Sie macht noch mal die Augen zu. Bisschen noch. Dann geht's los.

no man
is a 10
let's start there

@maayaaliese

sex

FRÜHLING 2022

Ich warte.
Es ist früh, zu früh und ich sitze am großen Glastisch meiner Berliner Wohnung vor den offenen Balkontüren und warte. So wie jeden Morgen. Jeden Morgen seit zig Wochen warte ich auf dich, also auf ihn, auf einen Mann. Wie ordinär, wie vorhersehbar, wie langweilig. Wo ich mir doch sicher war, dass ich mich nicht mehr so schnell von einem Mann locken, beeindrucken und erst recht nicht halten lassen würde. Wo ich mir doch gesagt habe, nein, geschworen, dass ich mich nach der desaströsen ersten Ehe nicht mehr binden oder festlegen würde. Vor allem, und das ist mir wirklich ein Anliegen zu betonen, wollte ich keinen Mann. Ich seufze ein filmgleiches Seufzen. Die Bezeichnung »wie im Film« ist eine der schönsten, die ich kenne. Da sah ich also einen Drogendeal auf dem Parkplatz und das war wie im Film. Eine Kopie der Kopie der Kopie. Vielleicht handelte es sich bei diesem Drogendeal um die einstudierte Choreografie eines Gangster-Mafia-Untergrund-Films. Oder irgendwelche Filme-macher*innen haben sehr gut aufgepasst. Wer kopiert hier eigentlich wen, ist eines der befriedigendsten Gedankenspiele. Die Geschichte meiner ersten Ehe ist auch wie aus einem Film. Die aktuelle Liebesgeschichte auch. Die Vermutung, einen völlig katastrophalen Begriff von Romantik zu haben. Von romantischer Liebe. Von großen Gesten, Bekundungen und Beschwörungen. Hollywood, Liebesromane, Free-TV.
Im Glückskeks steht: *Eine neue Liebe wartet hinter der nächsten Ecke auf dich.*
Lieber nicht fortbewegen.
Schön zuhause bleiben.
Sich der Gefahr besser nicht aussetzen.
Es muss wirklich nicht immer was passieren.

Gut, so unangenehm war es jetzt auch wieder nicht. Also die Ehe. Eigentlich ganz schön. Erregend dumme Entscheidung. Eine spontane Idee mit Mitte/Ende zwanzig. Ich würde es jederzeit wieder tun. Die Fotos waren gut, die Party auch. Es gab Drama, es gab Irritation und es gab uns: ein irrsinnig einlullendes, allumfassendes Glücksgefühl, für das ich mich umgehend schämte, lehnte ich doch die Institution Ehe grundlegend ab. Und dann? Dann fand sie statt, bis sie zerbrochen ist. Ich war so schnell über ihr Scheitern hinweg, wie ich in sie erstmals hineingeraten bin.
Aber muss das jetzt wirklich schon wieder sein?
Das ganz große Gefühl.
Ja.
Diese Frau liebt es, geliebt zu werden und zu lieben. Sie will das wieder, eine Beziehung. Die Vereinbarung. Die Entscheidung für jemanden. Ist das schlimm? Ist eine Single-Frau nur dann eine gute Erzählung, wenn ihr Zustand selbstbestimmt und emanzipiert ist, ohne Zweifel und ohne Sehnsucht? Eine, an der sich orientiert werden kann. Nicht melancholisch, hoffnungslos und neurotisch, sondern stark, autonom und souverän.
Nein.
Wie sollte die nicht alles sein dürfen?
Genauso wenig wie nur eine Paarbeziehung ein erfolgreich gelebtes Leben darstellt.
Es ist eine Variante. Eine Struktur, eine Konstruktion, ein Versuch. Das hier ist auch ein Versuch. Der Versuch, sich noch mal fallen zu lassen in der Hoffnung, im richtigen Moment aufgefangen zu werden.

Dass ich hier sitze, mit einem Kaffee in der Hand und nackt in einem seidenen Morgenmantel und dabei nichts mit mir anzufangen weiß, als an ihn zu denken, an eine Möglichkeit von einem Uns, an all die Dates, die wir hatten, und all jene, die ich noch erleben will – ärgert mich. Dass ich so blockiert bin, so verträumt, so verzehrend. Einmal, ganz am Anfang

dieser – ja, wie bezeichnen wir es eigentlich? – Beziehung träumte ich tatsächlich von ihm. Also zum ersten Mal. Wir fuhren mit dem Zug nach Pescara. Saßen dabei nebeneinander, schauten uns die italienische, viel zu trockene Landschaft an, hielten uns im Arm. Mehr war's nicht. Es sah exakt so aus wie auf der Zugstrecke München–Rimini, das habe ich mir beim Aufwachen noch gedacht: Lustig, dass das die gleiche Strecke ist. Und dann: Schön, dass der mich so gut im Arm halten kann. Die Therapeutin begrüßte diesen Traum. Ich wünschte, er wäre Wirklichkeit geworden. Vielleicht wird er es ja noch.
Der Glückskeks sagt: *Wenn wir unsere Richtung nicht ändern, landen wir wahrscheinlich dort, wo wir hinwollen.* Ich esse die Kekse nicht mehr. Ich will nur noch die Sprüche. Neulich sagte einer den Spruch mit dem Himmel, also ganz ironisch, aber er hielt dabei meine Hand, starrte in meine Augen und lächelte hübsch. Haben die Engel eigentlich geweint oder der Himmel, als du auf die Erde gekommen bist? Ich hatte mal eine Affäre mit einem Mann, der mich ständig *mein Engel* nannte. Das war mir latent zu viel Verantwortung. Ich konnte nicht begreifen, was er damit meinte. Da lagen wir also nebeneinander im Bett, nach dem besten Sex und er streichelte meinen nackten, vulnerablen Körper und sagte: Du bist so schön, mein Engel. Es lag außerhalb meiner Fantasie, sich da eine Zukunft zu imaginieren.

Mit meinem Exmann konnte ich mir irgendwann auch nichts mehr vorstellen. Da hätte ich eigentlich schon gehen sollen. Ich tat es aber nicht. Ich wäre nicht einmal auf die Idee gekommen. Andere kamen auf die Idee. Aber ich hörte ihnen dabei nicht zu. Was wissen die schon über meine Beziehung? Mehr, als ich ihnen glauben wollte. Von außen beobachtet es sich so gut. Das weiß ich eigentlich, ich tu ja nichts anderes. Jetzt zum Beispiel. Draußen auf dem Platz ein Mann mit Designerhund, eine Frau mit großer Tragetasche, ein Mann trinkend auf der Parkbank, die schon in der

Sonne ist, Straßenverkehr, Tauben, Lkw, Bus, Auto, Auto, Auto, noch ein Hund, noch eine Frau, zu sportlich. Mir kommt das vor wie eine Kulisse für mein persönliches Trauerspiel. Die wartende Frau. Was habe ich mir denn erhofft, als ich mich auf den eingelassen habe?
Die Regel: Wenn jemand keine Zeit für dich hat, hat die Person keine Lust auf dich.

Diese Situation ist anstrengend. Sind es die Erwartungen oder die Unsicherheiten? Es gibt keine ausgleichende Gerechtigkeit, in keine Richtung. Dementsprechend gehe ich nicht davon aus, dass das hier fair ist oder eine logische Konsequenz. Es ist vielmehr eine Frechheit. Das habe ich ihm neulich auch am Telefon gesagt. Ich sagte: Lieber Mann, was willst du eigentlich? Und er sagte: Ich weiß es nicht. Und damit habe ich mich vorerst zufriedengegeben. Wenigstens hat er nicht gesagt, dass er mich nicht will. Auch schon was wert. Ich will nicht arbeiten. (Mein nächstes Buch werde ich so nennen.) Ich werde ihm nicht schreiben. Er hat gesagt, er wird anrufen. Er hat gesagt, er meldet sich später. Wie lange ist das her? Nicht auf die Uhr schauen. Ich brauch ja nicht auf ihn zu warten. Kann mich super mit mir selbst beschäftigen. Warum will ich den überhaupt? Warum will irgendjemand irgendwen, der einen nicht wie eine Prinzessin behandelt? Vielleicht sollte ich ein Entspannungsbad nehmen. Oder seine Nummer blockieren. Stattdessen lese ich das Buch, dass er mir neulich mitgebracht hat. Das war, wie er sagt, nicht einmal mit Mühe verbunden. Er muss sich so wenig Mühe geben, um mich herumzukriegen. Das hat er bestimmt schon herausgefunden. Dafür sollte ich mich schämen. Das macht mich vielleicht unattraktiv und ihn vermeintlich sicher. Da hat er sich aber getäuscht, der Liebe. Hier ist nämlich gar nichts sicher.

Die Horoskop-App sagt: *Your energy needs to go somewhere or it'll turn into rage.*

Die neue Wahrsagerin sagte: Da ist ein Mann in deinem Leben, der sich noch bedeckt hält, eure Liebe ist aber sicher, der Sex kosmisch und die Hingabe echt. Er ist gebildet, sehr belesen und du findest ihn lustig. Dabei ist mir gerade gar nicht zum Lachen zu Mute. Dennoch, dieses dauerhaft hohle Grinsen, wenn ich von ihm erzähle, von uns, von mir mit ihm. Die Erklärungsversuche seiner Abwesenheit. Hinhaltungsstrategie. Nähe, Distanz. Eigentlich bin ich schon schlauer. Eigentlich kenne ich die Regeln. Warum sitze ich also hier? Nichts lernt man. Wirklich gar nichts. Überhaupt nichts. Das ist die einzige Lektion.

Sie sagte: Bei dem Mann kannst du dich entspannen, der braucht halt noch, ist mit einer Trennung beschäftigt. Das kann natürlich alles bedeuten. Vielleicht handelt es sich ja gar nicht um diesen, um *meinen* neuen Mann, sondern um einen, den ich bisher völlig ignoriere. Wie im Film halt. Einen, der auch schön, schlau und belesen ist, aber vielleicht schüchtern oder unbeholfen. Und am Ende war's dann allen klar. Ich gehe meine Kontaktliste durch. Mir fällt wirklich nicht ein, wer es sonst sein soll. Sie sagte: Den anderen, den zweiten, den ich hier sehe, der ist schon lange in deinem Leben, den musst du loswerden, ihm irgendwas verzeihen, vielleicht die Lebenslüge, die ihr gelebt habt. Na, ist ja wohl klar, wer das ist. Also wahrscheinlich. Beim Wahrsagen dürfen wirklich keine voreiligen Schlüsse gezogen werden. Schlüssel, das war ihr wichtig, ich habe alle Schlüssel in der Hand. Autonomie und Unabhängigkeit. Sie sagte, ich werde etwas erschaffen und damit erfolgreich sein. Aber es gibt leider keine konkrete Zeit beim Wahrsagen. Wie lange dauert es noch? Das wissen vielleicht nicht einmal die Karten.

Immer dieses Warten. Das, worauf ich warte, ist immer anders und letztendlich doch gleich. Ich warte auf eine Nachricht, ein Bild, einen Anruf oder auf einen Besuch. Auf einen Hinweis, eine Bestätigung, eine Zuwendung oder auf Fürsorge. Ein Zeichen mit Signalwirkung, Symbolkraft. Ich brauche dieses Zugehörigkeitsgefühl. Oft kriege ich nichts. Aber wenn ich was kriege, ist es gut. Meistens. Manchmal so gut, dass ich, ganz nebenbei, süchtig danach wurde – so wie nach diesen Küssen, diesem Geruch und diesem Sex. Dieses Gesicht. Diese Haut. Diese Hände. Diese Stimme. Diese Sprechweise. Diese Wortwahl. Dieser Hals. Diese Lippen. Dieser Penis. Diese Formulierungen. Diese Blicke. Dieser Po. Eine Liste der Lust. Einmal sagte er, es wäre das Schmerzhafteste, so eine Liste zu erstellen, all der erregenden Körperteile. Also meiner. Es gab also einen ganz konkreten Moment, da fand er mich umfassend erregend. Wie ist es jetzt? Ist das so eine hohle Phrase, die er zu all den schmachtenden Frauen sagt, mit denen er schläft?

Jeden Tag wache ich damit auf, mich zu fragen, ob er wach ist, an mich denkt. Ich schaue auf die Uhr, frage mich, wann er wohl heute anfangen wird zu arbeiten, wie lange seine Wege dauern, wann er sich eigentlich schon bei mir hätte melden können. Und warum er es nicht tat. Macht er das absichtlich? Mich so warten lassen? Wahrscheinlich. Er weiß, wie groß die Macht ist, die er über mich hat. Weil ich keine Lust habe, es ihm zu verheimlichen. Die wissen das immer sofort. Verwöhnt sind die. Er ist es auf jeden Fall. Er ist zu schön. Allen, denen ich die Fotos von ihm zeige, bestätigen seine Schönheit. Der weiß das, das sind die Schlimmsten. Er ist zu schlau, zu eloquent, zu sinnlich. Das ist wirklich zu viel für mich. Neben ihm bin ich eine andere. Stiller, zögerlicher, langweiliger. Es braucht mich nicht zu wundern, wenn der sich fragend von mir abwendet. Wieso finden die andere toll? Das Image, die Außendarstellung. Der dachte wohl nicht, dass ich auch unter PMS, Menstruationsbeschwerden, Ängsten, Selbstzweifeln und Eskapismussehnsucht leide. Manchmal. Hier ist nicht alles glitzernd und glamourös. Ich schwitze.

Manchmal wache ich auf und da sind sie schon, die Mitteilungen. Das sind dann die schönen Morgen. Das kommt mir vor wie das eindeutige Zeichen. Das Verständnis über die Kostbarkeit unserer zarten, neuen Verbindung scheint dann allgegenwärtig, real. Manchmal masturbiere ich dann sofort. Ich weiß, dass du mich willst. Ich weiß, dass du den ganzen Tag an mich erinnert wirst, weil dich alles an mich zu erinnern vermag. Weil ich alles bin, wenn du dich drauf einlässt. Weil ich zu allem was zu sagen habe. Ich bin so flexibel, ich kann so viel sein für dich, dass du mich gar nicht ignorieren, vergessen oder verlassen kannst. Das Telefon vibriert. Gleich, schreibt er, gleich meldet er sich. Das Foto dazu. Beinah beleidigend banal. Man nimmt, was man kriegen kann. Gib dich mir doch endlich hin. Du kannst dich mir nicht entziehen.

Warum versuchst du es also noch? Zeitverschwendung. Das sagte auch die Wahrsagerin. Wir werden seit längerem aufeinander zugeführt. Es war der Moment in der Buchhandlung. Als ich ihn fragte, ob er dieses Buch öffnen kann und er mich auf diese merkwürdige Art betrachtete. Wie oft – in den unmöglichsten Situationen – habe ich an diesen Mann gedacht. Mich gefragt, ob da was zwischen uns ist. Die Frage ist, ob wir alles im Moment unseres ersten Kusses und der darauffolgenden Intimität zerstört haben. Schließlich besteht ein Crush nur, solange er unerreichbar bleibt. Dann verändert sich der Zustand. Dann wird's noch anstrengender. Wir wussten das vorher. Dass es so gut sein würde, haben wir geahnt. Aber es reichte nicht. Wir mussten jeden einzelnen Schritt gehen und es ausprobieren. Anziehungskraft, Bestätigung, Lust.
Krise.

Ich nenne ihn zärtlich meinen Liebhaber, meinen Macker, den Lover, den neuen Mann. Ich weiß nicht einmal, ob er über mich spricht. Wenn er es tut, was sagt er dann? Ich

küsse manchmal die Schriftstellerin und vögle mit ihr, so ganz casual, es macht Spaß, haha, ja genau die, weißt schon, ja ist ganz heiß, ne, wird nicht mehr, reicht auch so, ja ne, halt immer, wenn die hier ist, ja, ja lol, voll entspannt. Das Worstcase-Szenario: Es ist alles egal.
Vielleicht ist er ganz lässig dabei, unerträglich cool, überheblich geschmeichelt.
Wahrscheinlich spricht er anders über mich, oder?
Ich bin eine andere mit ihm. Wer ist er eigentlich? Ich habe den noch nie mit anderen erlebt.

Vielleicht will er das geheim halten. Geheim, geheim. Früher hätte ich das spannend gefunden.
Er ist verwöhnt von meiner Aufmerksamkeit. So viel ist sicher. Mit Sicherheit ist das hier eine Nummer zu groß. Widerstand und Widerspruch. Kann man schon aushalten, muss man halt wollen.

Was will ich eigentlich? Ich will sofort von ihm gegessen werden. Diese veraltet anmutende Bezeichnung des Vernaschens, so kitschig, so gut. Denke sofort an ein Buffet und Cocktailkirschen. Eine Bezeichnung, so treffend. Er nascht von mir, er genießt mich, als wäre ich eine Delikatesse. Luxus. Als wäre ich Obst, verboten lecker, sündhaft teuer. Überreif, das Obst tropft. Es muss sofort verzehrt werden. Verzehre dich nach mir. Das sage ich ihm. Er schickt einen sabbernden Smiley.

Es ist hoffnungslos. Die Sehnsucht danach – ja, wonach – ist größer als die Lehre, die ich hätte ziehen können. Angenehmer als die Leere, die sich auftat. Da war so ein Zwischenraum. Da ist er hineingeschlüpft. Zwischen Erleichterung und Sorge.
Mein Tipp an alle: sich scheiden lassen. Auf jeden Fall.
Disclaimer: um dann festzustellen, dass ein noch besserer Typ da draußen wartet, mit dem es genauso kompliziert ist.

Dieser Zustand ist unerträglich. Eine Katastrophe für mein Selbstverständnis.
Die wartende Frau. Die sich verzehrende Frau. Die geile Frau, die über ihre Begierde letztendlich einen Text schreiben muss, weil sie sonst einfach zerfließen würde, über den Glastisch, der ohnehin so mühsam zu reinigen ist. Auf dem Tisch stehen Blumen. Gute Farben. Wenn ich zerflossen bin, wegen der Langeweile, dem Unverständnis, der Begierde, werden sie noch eine Weile blühen und in diesen künstlich anmutenden Farben geruchlos weiter leuchten. Vielleicht wischt er mich ja auf. Wie in einem Film will ich alles mit einer lässigen Handbewegung vom Tisch wischen und dann mit ihm schlafen. Ob uns dieser Tisch aushalten würde? Ich halte es gleich nicht mehr aus.

Die Blumen bekam ich nicht von ihm, sondern von der Buchhandlung, in der ich gestern eine Lesung gab. Dabei sprach ich über meine Trennung. Ich machte Witze darüber. Die Frauen im Publikum lachten. Alle wurden schon mindestens einmal richtig mies verlassen. Klar, gehört dazu. Wir sind in so einem Alter. Ich kenne kaum eine, die noch nie ernstlich verlassen wurde. Genauer gesagt, kenne ich eine einzige. Da frage ich mich heimlich, ob ich sie beneiden oder beschützen soll. Ich hätte so gern von ihm erzählt, vom Liebhaber, aber wie soll man das hier ohne Übertreibung, Romantisierung und Lüge fremden Personen erklären? Beziehungsstatus ungeklärt.
Also tat ich es nicht.

Nicht weil ich meine Privatsphäre schützen will, eher weil ich dem Ganzen nicht traue. Wahrscheinlich habe ich etwas übersehen. Es gibt nicht einmal ein Foto von uns. Warum? Wieso kommt nie eine*r von uns beiden auf die Idee, uns zu verewigen? Wobei das so nicht stimmt. Es gibt eins von unseren Händen, die einander festhalten. Als ich dieses Foto schoss, fuhr Rainald Goetz auf dem Fahrrad vorbei, was ich

sofort als Zeichen deutete. Als ein gutes. Schließlich bin ich Schriftstellerin und der Mann, ja, der ist Buchhändler. Geht's noch poetischer? Er liebte erst meine Arbeit und dann mich. Falls er mich liebt. Neulich schaute ich deshalb noch einmal Notting Hill. *I'm also just a girl, standing in front of a boy, asking him to love her.* Süß, wie Julia Roberts, auch im Film der Superstar, da guckt. Sie will auch einfach nur vom Buchhändler geliebt werden. Und der guckt auch ganz erschrocken und beschämt. Ja die Liebe, zu viel.
Dann wird freilich alles gut, da liegen die dann auf so ner Parkbank. Also sie liegt, hat ihren Kopf auf seinem Schoß positioniert und er liest wahrscheinlich ein Buch.
The end.

Auf wie vielen Parkbänken sind wir schon so gelegen. Die ganze Story also: *too good to be true.* Eine Kopie der Kopie der Kopie. Von all den Personen, die in diesem Moment also vorbeiradeln hätten können, war es ausgerechnet Goetz. Das muss doch etwas zu bedeuten haben. Goetz ist Superstar. Das reicht doch wohl. Bestätigung durch Anwesenheit. Hat Goetz uns überhaupt gesehen? Wohl kaum. Aber in seinem Leben spielen wir auch keine Rolle. Vielleicht hat er sich aber auch gedacht: Die sehen gut aus zusammen. Denn das tun wir. Das steht außer Frage. Manchmal schauen uns die Leute so an, so wissend. Das hatte ich schon mal mit einem Liebhaber. Das hat auch nicht gehalten.

Zu meiner Lesung ist er jedenfalls nicht gekommen, der Buchhändler, obwohl sie in seiner Stadt stattfand. Er sagt, die Katze, auf die er aufpassen sollte, sei entwischt. Vielleicht hatte er aber auch keine Lust, mich lesen zu hören. Dabei lese ich wirklich gut. Auf eine hinterhältige Art war ich mir sicher, dass er, sobald er da sitzen und hören würde, wie präzise und elegant ich meinen Text vorlese, er sich restlos in mich verlieben müsse. Er sich darin verlieben würde, dass sich die, die um ihn herumsitzen, ebenfalls gerade in mich verlieben, weil meine Stimme so tief, so sanft, so einnehmend ist. Es ist eine trainierte Lesestimme, genau für so einen Moment habe ich sie entwickelt. Um mit ihr den Buchhändler zu umarmen. Ihn in mich zu lotsen, ihn einzunehmen, ihn ins sexy Gefängnis zu sperren. Den Liebesknast. Schlüssel verloren. Oooops.

Dass so eine Katze entwischt, ist gerade noch glaubwürdig, waghalsig genug, um nicht direkt als Ausrede erkannt zu werden. Es ist möglich, aber doch unwahrscheinlich. Seit gestern sucht er also die Katze. Manchmal bekomme ich eine Nachricht, die jene dauerhafte Abwesenheit bestätigt und mich hinhalten soll. Das vermuten zumindest meine Freund*innen. Die meinen, ich hätte mir den Buchhändler ohnehin nur ausgedacht. Es hat ihn nie jemand gesehen. Erst recht nicht uns gemeinsam. Dabei sind wir ständig draußen. Händchenhaltend, schmusend, küssend, plaudernd, immer so, dass es alle sehen können: deep feelings. Aber es sieht uns halt niemand. Nie. So einen gibt es nicht. Kann es nicht geben. Und wenn es ihn geben würde, er nicht nur eine psychotische Idee von mir ist, warum sollte dann ausgerechnet ich in diesen Genuss kommen, wo sich doch beinah alle nach so einer Liebesgeschichte verzehren? Dann lachen sie. Jaja, der Buchhändler. Ach, kann heute schon wieder nicht kommen. Was hat er denn? Viel zu tun, Migräne, dringenden Termin, familiären Notfall?

Sie meinen, ich würde mir stellvertretend für ihn die Ausreden ausdenken. Weil es eine gute Geschichte ist. Sie fragen mich, ob das mein neuer Roman wird. Ob sie live dabei sind. Ich mache Witze. Der Typ, der mit mir schreibt, ist ein Chatbot, der Typ, der mit mir schläft, ein Escort, das ganze finanziert vom Verlag, damit ich was zu tun habe. Damit ich was erlebe, worüber ich schreiben kann. Sie wünschen sich einen neuen Text für den Essayband. Einer, der den nächsten Frühling beschreibt. Wie wird es der Schriftstellerin aus den vorherigen Texten ergehen? Wird sie sich verlieben? Gibt's ein Happy End?

Meine Freund*innen haben meine Bücher gelesen, meine Lesungen besucht, sind meiner Stimme und meinen Worten verfallen. Sie würden mir diesen Schwindel verzeihen. Aber das müssen sie gar nicht. Er ist real. Der Buchhändler steht gerade in seinem Laden und drückt hoffentlich jemandem meine Romane in die Hand. Hoffentlich hat er noch nicht vergessen, dass ich Romane schreibe, die empfohlen und verkauft werden müssen. Wenn er mich liebt, sollte er offensichtlich dafür sorgen, dass ich reich werde. Das findet auch die Verlegerin.

Hoffentlich hat er nicht vergessen, dass ich einen Text über uns schreibe, für das neue Buch. Ist es ein Beweis oder eine hilflose Geste? Dabei will ich gar nicht mehr schreiben. Ich will überhaupt nicht mehr arbeiten. Ich will hier sitzen, im Bett liegen, ich will ihm die Tür aufmachen, die Erregung spüren, wie ich sofort nicht nur feucht, sondern nass werde. Die Aufregung. Will er mich auch? Will er mich heute noch? Warum nicht? Sonst wollte er mich ja auch immer. Aber Geschmäcker ändern sich bekanntlich. Wenn der so guckt. Der Blick jedes Mal unlesbar. Ich kann manchmal gar nicht direkt reinschauen. Sogwirkung. Die körperliche Erinnerung.
I wanna fuck you.
Ich verliere mich sofort.
Ja, komm, fuck me.
Fuck me real good.
Dann lässt er sich Zeit. Dieses Auskosten. Wie geht das?
So was habe ich vorher noch nicht erlebt. Seine Macht und meine Machtlosigkeit. Wie geil ich darauf bin. Dominanz. Unterwerfung.
Jetzt ist es Mittag. Habe mich bisher kaum bewegt. Leide nicht. Kriege bestimmt bald Rückenschmerzen. Leider ist sie gar nicht motiviert, auch nur irgendwas zu tun. Nein, sie

kann heute nicht zur Arbeit kommen. Wem sage ich das – mir selbst? Ich müsste mich selbst verklagen, um Urlaub zu bekommen. Kann ich mir die Anwaltskosten leisten? Witz! Scherz! Schreiben aus Leidenschaft (weil es Leiden schafft). Ich lege eine Gesichtsmaske auf. Lasse ein Bad ein. Falls er später kommt, bin ich dann schön weich und rieche gut. So oberflächlich. Diana Weis schrieb mir neulich, dass Tussis auch deshalb abgewertet werden, weil sie bereits durch ihr Erscheinungsbild kommunizieren, was sie wollen. Das erscheint sexuell zu anstrengend. Frauen, die hübsch sind und schlau, das ist zu viel. Ich will ihm zu viel sein. Und dann nicht genug.

Er schreibt eine unsinnige, mich vertröstende und banale Nachricht. So eine, auf die ich nicht antworten kann. Manchmal rufe ich dann sofort an. Sprich gefälligst mit mir. Schau mich an. Jetzt muss ich sie erstmal ignorieren, bis sich meine Enttäuschung aufgelöst hat. Er schreibt, vielleicht kann er später noch. Er habe noch zu tun. Was überhaupt? Was gibt es anderes als mich?

Okay. Also warte ich darauf, dass er hier ankommt, dass er mir sagt, dass er mich will. Dass das die Grundlage dafür ist, dass er irgendwann einmal sagt, dass er mich liebt. Denn das will ich zwangsläufig, also langfristig. Ich will das hören. Von mir aus soll es ihm rausrutschen, wenn er in mir steckt, überwältigt von irgendwelchen Gefühlen, von mir aus ist es ein Versehen und er nimmt es anschließend wieder zurück – aber ich will es einmal hören. Und dann immer wieder. Drei Wörter. Ich will wissen, wie er sie ausspricht. Die Gewissheit, dass es nicht passieren wird. Er ist so kontrolliert. Der Kurator fand mich erstaunlich kontrolliert beim Orgasmus, bei ihm bin ich das nicht.
Ich versuche, es positiv zu sehen, sportlich. Als Schriftstellerin habe ich immer die beste Ausgangslage. Ist er eine Enttäuschung, wird er eine Story, eine Figur. Ist er es nicht

(die Hoffnung stirbt zuletzt oder ist es die Selbstblendung), ist es Liebe im realen Leben. Er wird, egal wie es für uns endet, in der Buchhandlung stehen und mein Buch in Händen halten. Er wird es lesen. Vielleicht wird er es empfehlen, danach gefragt. Die eine Verlegerin rief an und sagte, du musst das sofort mit dem beenden, sonst verkauft der unsere Bücher nicht mehr, wenn du ihm das Herz gebrochen hast. Die andere Verlegerin schrieb ungefähr das Gleiche. Die größte Sorge der Verlegerinnen: dass die Schriftstellerin mit dem sexy Buchhändler durchbrennt. Na, wenn's sonst nichts ist.

Ein Happy End kann, egal was geschieht, im Essayband jedenfalls nicht geschrieben werden. Was wäre das für eine gefährliche Idee? Am Ende findet selbst die Schriftstellerin schon wieder eine Liebe, obwohl die sich so vehement gegen die Paarbeziehung stemmt. Typisch. Da wird sie einfach überzeugt. Da sitzt sie dann an ihrem Tisch und hat nichts gelernt. Wie wahr. Hat sie auch nicht. Sie kokettiert beinah damit, sich jedes Mal wieder in das Gefühl reinfallen, sich verschlucken zu lassen, um dann verletzt zu werden.

Ich denke an die eine Frau in meinem Leben, die noch nie in einer Liebesbeziehung war und sich freut, sich diesem Wahn nicht aussetzen zu müssen. Ich beneide sie. Wie selbstbewusst und gut sie sich durch soziale Situationen manövriert, weil ihr die Blicke, die Lust nichts geben. Das gilt nicht für mich. Ich will gesehen werden, ich will begehrt, geliebt, gevögelt werden. Und ich will verliebt sein.

Es gewittert. Das ist unser Wetter. Gewitter in Rom, in München, in Dresden, in Salzburg. Wir sprachen ständig über die Gewitter, die ich mitzunehmen schien. Natürlich gewitterte es exakt in dem Moment, in dem wir endlich das erste Mal miteinander schliefen. Gewitter in Berlin. Neulich rief ich ihn nach mehrtägiger Funkstille an. Buchhändler, sagte ich, es gewittert. Schriftstellerin, sagte er, ich habe dich vermisst.

Es wäre also nur logisch, wenn es jede Sekunde läuten würde. Ich bin bereit. Warte darauf, dass er mit mir schläft. Das ist ganz wichtig: Ich will, dass er mit mir schläft. Nicht ich mit ihm oder wir miteinander, nein, er mit mir. Dass er mich aufs Bett legt und meinen Körper will, mich aufisst, mich an jeder noch so unschönen Stelle küsst und dass dann sein Penis, der so perfekt in mich zu passen scheint, erregt zuckt und hart wird und er ihn irgendwann in mich schiebt, mich ausfüllt. Ich bin immer nass. Meine Nässe hat zahlreiche Sexualpartner*innen zuvor in freudige Erregung versetzt. Er nimmt sie als ganz selbstverständlich wahr. Die Macht. Es ist kaum Brutalität im Spiel. Er hat schnell herausgefunden, dass ich gern gewürgt werde. Ich mag es, wenn sie es herausfinden. Manchmal würgt er mich fast zu fest, was mich dazu bringt, mir vorzustellen, jede Sekunde ohnmächtig zu werden. Als könnte ich meinen Körper kurz verlassen. Was würde er dann tun? Er schaut mir dabei immer in die Augen. Ich will uns beim Sex beobachten. Mit niemandem würde ich mich beim Sex filmen lassen. Mit ihm würde ich es tun, um das Video danach studieren zu können. Um zu analysieren, warum es so gut ist. Beim Küssen hat er seine Augen zu. Er küsst so sinnlich, wie ich es noch nie erlebte. Stundenlang. Sogar in der Öffentlichkeit. Public display of affection. Ich denke an all die Frauen, die er schon geküsst hat und frage mich, ob sie ebenfalls so erregt wie ich daran denken.

Der Regen. Endlich. Der kalte Wind, der an mich herankommt. Die Lust. Das Verlangen auf Erlösung. Ich lege mich ins Bett. Vereinzelt ein paar seiner Haare. Er ist nicht ausgedacht. Ich schicke ein Foto davon an meine Freund*innen. Achso, ja klar, der Buchhändler, schöne Geschichte, liebe Schriftstellerin. Das hier ist alles ausgedacht. Wie lange muss ich noch so schreiben, darüber, davon, was muss ich noch alles beschreiben, bis es geschieht? Bis so einer auftaucht? Ist es das, was ich will? Was wir wollen?

Helle Blitze, laute Donner.
Komm her und fuck me.
Und dann love me real good.

DIE AUTORIN DANKT

SAPIR VON ABEL
NELE BERGMANN
JENNY BOHN
ALEXANDRA BONDI DE ANTONI
JENNIFER BRÄUER
RAHMÉ DAROUICHE
SAMAR DAROUICHE
JESSICA DETTINGER
HELENA ECKERT
KATJA EICHINGER
THERESIA ENZENSBERGER
LENA MARIE EMRICH
LAURA FRIES
ALEXANDER FREUDENBERGER
THOMAS GOTHIER
HANNES HEINRICH
ANNA JUNG
TARUN KADE
NATALIE KRAL
LEONIE KUSTERER
ADRIAN LAMBERT
KRISTINE LISTAU
EDUARDO MAMEDE
COCO MEURER
TINE MILZ
KOKUTEKELEZA MUSEBENI
ANJA PAWLIK
LILLI-ROSE PONGRATZ
KATHARINA PREHN
THERESA REITER
JULIA RIEDLER
CHRISTINA MARIA RUEDERER
LINDA SAKALLAH
FRIEDERIKE SCHNEIDER
ROSA SCHUSTER
KATHARINA PIA SCHÜTZ
JAKOB SCHREIER
ELKE VON SIVERS
SILVIU SLAVU
ANKE STELLING
SONJA STEPPAN
DANA VON SUFFRIN
JÖRG SUNDERMEIER
GIBRAN SYED
TINA TOTIC
YANA THÖNNES
SOPHIE WANNINGER
JULIA WEIGL
DIANA WEIS
LAURA WIESBÖCK
XIAOYAO XU

UND DEM
KORBINIAN VERLAG <3

ENJOY SCHATZ erscheint in seiner 5. Auflage als Publikation des **KORBINIAN VERLAGS**.

DIE HERAUSGEBER*INNEN Katharina Holzmann und David Rabolt
DAS LEKTORAT Katharina Holzmann
DIE ILLUSTRATIONEN Masha Psilocybe
DIE GESTALTUNG & DER SATZ STUDIO BENS
DER ORIGINALENTWURF Antonia Terhedebrügge
DIE SCHRIFT Noe Text & Arial Black
DER DRUCK CPI
DER ORT gedruckt in Leck, Deutschland
DER KONTAKT korbinian@maerzverlag.de
DIE PRODUKTSICHERHEIT produktsicherheit@maerzverlag.de

Der **KORBINIAN VERLAG** Berlin existiert seit Mai 2015. Die Gründer*innen des Verlags sind Katharina Holzmann, Sascha Ehlert und David Rabolt. Seit 2025 ist der Korbinian Verlag ein Imprint der März Verlag GmbH, Göhrener Str. 7, 10437 Berlin, Deutschland.

ISBN 978-3-9824602-2-2